LISA BUTTERWORTH
PHOTOGRAPHIES DE JULIA STOTZ

LE GUIDE DES RÊVES POUR LES DÉBUTANTS

APPRENEZ À UTILISER VOS RÊVES
POUR ÉVEILLER VOTRE CONSCIENCE

LISA BUTTERWORTH
PHOTOGRAPHIES DE JULIA STOTZ

LE GUIDE DES RÊVES POUR LES DÉBUTANTS

APPRENEZ À UTILISER VOS RÊVES POUR ÉVEILLER VOTRE CONSCIENCE

MARABOUT

SOMMAIRE

INTRODUCTION

Nous menons tous une existence bien remplie à l'état d'éveil, mais certains d'entre nous ont aussi une vie trépidante en dormant. Si vous avez choisi ce livre, c'est probablement votre cas et, sinon, cela peut le devenir ! Rêver est une activité que l'on peut cultiver et pratiquer, comme n'importe quel autre centre d'intérêt ou n'importe quelle compétence.

Contrairement à nos existences éveillées, qui sont bien occupées, nos vies oniriques sont libérées du poids du temps, de l'espace et même de notre corps. Nos rêves peuvent nous paraître « vrais » ou n'avoir presque rien à voir avec la réalité. Ils peuvent être peuplés d'aventures ou très banals, paisibles ou terrifiants, mais, au-delà de tout cela, ils peuvent considérablement nous éclairer sur qui nous sommes et la façon dont nous nous comportons dans le monde – nos relations, notre travail, nos désirs, nos peurs. Ils peuvent donner du sens à certaines expériences, révéler une blessure douloureuse qui n'a pas été pansée et nous aider à résoudre certains problèmes.
Tant d'éléments de notre vie onirique demeurent mystérieux ; il y a tellement de choses que nous ignorons sur le sommeil et le fonctionnement du subconscient, mais nos rêves mettent à notre disposition une mine d'informations qu'il suffit juste d'exploiter. Se montrer attentif, tout simplement, est déjà un premier pas. Votre connexion au rêve ne fera ensuite que grandir naturellement. Au fur et à mesure que vous allez commencer à identifier les éléments déclencheurs et symboliques qui vous permettront d'interpréter les nombreux messages que nous transmettent les rêves de la nuit, vous en apprendrez encore davantage sur vous-même et la direction que vous souhaitez donner à votre vie.
Comment mieux dormir (la base-même du rêve), aider les rêves à survenir, en garder la trace, s'en souvenir, en interpréter les messages et les mettre en pratique ? Voilà autant de questions que cet ouvrage va aborder. Vous allez découvrir un monde inexploré et fabuleux qui va vous ouvrir l'esprit.
Prêt ? Commençons !

PARLONS DU SOMMEIL

Il est impossible de parler des rêves sans d'abord aborder le thème du sommeil, l'un amenant l'autre. Sans sommeil, nos rêves n'existent pas. Le sommeil est crucial pour notre bien-être général – plus des recherches sont menées sur le sujet, plus nous prenons conscience de l'importance de son rôle.

L'IMPORTANCE DU SOMMEIL

Le premier chapitre de ce livre est consacré au sommeil dans toute sa gloire réparatrice. Bien que ce soit une activité à laquelle nous nous adonnions chaque nuit (du moins, je l'espère pour vous), nous ne savons, pour la plupart d'entre nous, que relativement peu de chose sur le sujet. Nous verrons ce que dormir signifie et quels dégâts cause le manque de sommeil sur notre état physique et mental. Nous réfléchirons également aux bénéfices merveilleux que procure une vie saine vécue pendant le sommeil.

UN SOMMEIL DE MEILLEURE QUALITÉ

Le sommeil est donc très important, mais il n'est pourtant pas facile de faire une bonne nuit au terme de laquelle on se réveille reposé et plein d'énergie. Le stress du quotidien, l'afflux d'informations dans notre monde centré sur les technologies, un régime alimentaire déséquilibré et une consommation de caféine toujours plus importante sont autant de facteurs qui peuvent nous jouer des tours et créer un certain nombre de problèmes en termes de repos, de sommeil interrompu ou même d'insomnie. Nous nous pencherons sur les moyens qui existent pour mieux dormir et sur les conditions qui créent un environnement propice à un sommeil réparateur.

DE BONNES FONDATIONS

Comprendre le sommeil et le rôle qu'il joue dans notre vie à l'état d'éveil va vous aider à bâtir les meilleures fondations sur lesquelles asseoir votre connaissance des rêves et de leur interprétation.

L'UNIVERS MERVEILLEUX DU RÊVE

Bien que notre point de départ soit le sommeil et son importance, la plus grande partie de ce livre sera, bien sûr, consacrée à l'étonnant monde du rêve.
Nous verrons les différents moyens qui existent pour les faciliter, les trucs et astuces pour s'en souvenir et en garder la trace, ainsi que les façons de les interpréter.

FACILITER LA SURVENUE DE VOS RÊVES

Pour créer de nombreuses opportunités de rêver, il faut avant tout passer une bonne nuit de sommeil. Cependant, il y a aussi beaucoup de choses que vous pouvez faire pendant vos heures d'éveil pour non seulement augmenter vos chances de rêver, mais également amplifier la vivacité et la clarté des rêves mêmes. Plusieurs aliments et herbes aromatiques ont la réputation d'améliorer le sommeil et les rêves, tout comme certaines huiles essentielles. Il existe en outre des postures de yoga pour vous préparer à une bonne nuit de sommeil et des exercices de méditation pour renforcer votre connexion au monde du rêve. Nourrir son corps et son esprit, en prendre soin sont autant d'éléments qui ont un impact direct sur votre vie onirique.

SE SOUVENIR DE SES RÊVES

Tout le monde rêve, mais se souvenir ou pas de ces rêves est une tout autre histoire. Nous étudierons les différentes manières qui s'offrent à vous pour améliorer votre capacité à vous les rappeler, ainsi que les méthodes qui existent pour en garder la trace.

INTERPRÉTER SES RÊVES

Grâce à l'interprétation, vous allez véritablement entrer dans le monde du rêve et mettre vos toutes nouvelles attention et intention en pratique, vous servant de vos rêves comme d'outils d'introspection qui vous permettront d'en apprendre davantage sur vous-même chaque nuit et chaque matin. Il s'agit vraiment d'une démarche personnelle qui va s'améliorer avec la pratique. Nous explorerons les différentes façons d'interpréter les rêves, verrons lesquels méritent votre attention et la manière d'utiliser vos conclusions pour générer des changements positifs dans votre vie.

COMMENT UTILISER CE LIVRE

Tout comme l'interprétation des rêves, l'utilisation que vous allez faire de ce livre est une démarche complètement personnelle. Considérez-le comme une ressource que vous allez exploiter de la manière qui vous servira le mieux. J'espère que vous vous tournerez vers lui encore et toujours, mais il est possible que la façon dont vous allez vous en servir change avec le temps.

Peut-être l'avez-vous seulement choisi pour la partie consacrée à l'interprétation des rêves – c'est tout à fait compréhensible. N'hésitez pas à vous rendre directement au dernier chapitre, le dictionnaire des rêves, où un certain nombre de thèmes et de symboles communs sont passés en revue. Même si vous commencez par là, vous pourrez vous faire une idée des messages que vos rêves essaient de vous transmettre. Toutefois, si vous souhaitez avoir une approche holistique de votre plongée au cœur du monde du rêve, commencez par le début du livre, qui aborde la manière de mieux connaître le sommeil et d'en améliorer la qualité. Comprendre pourquoi nous rêvons et comment nous pouvons faciliter la survenue de ces rêves va vous aider à renforcer les liens entre vos heures d'éveil et de sommeil. Prendre le temps d'explorer les diverses manières de se souvenir de ses rêves et d'en garder la trace (quand c'est possible) vous permettra de le faire de plus en plus facilement, vous donnant accès à une vie onirique riche et abondante dans laquelle puiser lorsque vous serez prêt à l'interpréter.

INTERPRÉTER SES RÊVES

Le deuxième chapitre apporte des informations sur les pratiques qui améliorent le sommeil et favorisent les rêves. La lecture de ce livre vous permettra de trouver le domaine qui vous interpellera le plus et ensuite d'y trouver des idées de mise en pratique. Peut-être aurez-vous envie de faire une séance de yoga pour faciliter un bon sommeil (page 42) ou bien de vous préparer une tasse de tisane pour favoriser les rêves (page 32). Ou, encore, il est possible que vous ayez croisé un lion dans votre rêve et que vous souhaitiez savoir ce que cela pourrait signifier (page 88). Cet ouvrage sera alors là pour vous, tel un compagnon vous encourageant dans votre cheminement de toute une vie à travers le monde du rêve.

Cristaux : ils ne font pas partie des éléments absolument nécessaires au travail sur le rêve. Cependant, ils peuvent constituer des outils très utiles lorsqu'il s'agit de cultiver une énergie du rêve positive et de créer un environnement calme. Que les recommandations dans ce livre trouvent écho auprès de vous ou que vous vous sentiez attiré vers d'autres, le plus important, en matière de travail avec les cristaux, est de suivre votre instinct.

Huiles essentielles : voici un autre outil non essentiel, tout comme les cristaux, qui peut ajouter un élément merveilleux à votre cheminement dans le monde du rêve. Faire appel à leur magie pour vos rituels du soir pourrait influencer profondément votre sommeil et libérer votre vie onirique d'une toute nouvelle façon. Les huiles essentielles sont également un élément très subjectif. En plus de celles que nous mentionnons ici, il en existe beaucoup d'autres pour vous accompagner dans le sommeil et le rêve. Trouvez donc celles qui vous attirent le plus. Comme elles peuvent être irritantes pour la peau, elles devraient toujours être mélangées à une base neutre, comme de l'huile de tournesol, d'amande douce, de jojoba ou de pépins de raisin.

Postures de yoga : bien que le yoga ne soit pas directement lié au sommeil et au rêve, il peut s'avérer être un autre outil fiable pour faire une bonne nuit de sommeil ou ouvrir la voie à des rêves plus intenses, particulièrement si vous l'avez déjà pratiqué. Différentes positions, ou asanas, peuvent avoir un impact direct sur la façon dont votre corps se détend, en permettant à l'énergie de circuler et à votre esprit de faire le vide. Si vous adoptez les postures décrites dans ce livre, assurez-vous d'écouter votre corps, notamment si elles ne vous sont pas familières. Respirez bien pour adopter la posture en toute sécurité et modifiez-là chaque fois que c'est nécessaire.

Aliments et herbes aromatiques : ils peuvent être importants pour mener une vie onirique saine, mais sachez que les recommandations que vous trouverez ici sont loin d'être exhaustives. Elles mettent simplement en lumière les aliments qui pourraient en particulier améliorer votre capacité à bien dormir et rêver. La clef d'un sommeil harmonieux est un régime équilibré et sain, ce qui peut ne pas être la même chose pour tout le monde. Chacun est différent, donc, avant tout, écoutez votre corps. Par exemple, bien que l'on considère que le lait entier favorise le sommeil, en boire pourrait vous donner des ballonnements, ce qui en fait serait néfaste pour votre sommeil. Suivez votre intuition en ce qui concerne les aliments qui fonctionnent le mieux pour votre propre corps.

Visualisation et méditation : il s'agit d'outils incroyablement efficaces qui ne nécessitent souvent que le pouvoir de votre esprit. Les différents exercices dans ce livre vous permettront d'approfondir votre travail sur le rêve d'une manière que vous n'anticipiez pas ou à laquelle vous ne vous attendiez peut-être pas, mais vous ne le saurez jamais si vous ne les essayez pas. Nul besoin de se forcer à faire ces exercices s'ils ne trouvent aucun écho en vous, cependant, vous pourriez être surpris de découvrir leur pouvoir. N'hésitez pas à les modifier afin de trouver la formule qui fonctionne pour vous. En les alliant à la magie des huiles essentielles et des cristaux qui vous auront attiré, vous les rendrez encore plus puissants.

UN SOMMEIL DE MEILLEURE QUALITÉ

Sans sommeil, point de rêve. Une bonne nuit de repos est la base sur laquelle bâtir votre pratique du rêve et la pierre angulaire d'une approche holistique du bien-être.

« LE SOMMEIL EST LA MEILLEURE DES MÉDITATIONS. » – *Dalaï-lama*

QU'EST-CE QUE LE SOMMEIL ?

En moyenne, une personne passe environ vingt-six ans de sa vie à dormir. Quoi de plus agréable que le matin après une longue nuit de sommeil profond et ininterrompu ? Le sommeil est revigorant et ressourçant, nécessaire pour une santé optimale, mais sa sa nature et son fonctionnement demeurent un mystère.

SOMMEIL :
Nom masculin, « état naturel du repos pendant lequel vos yeux sont clos, votre corps inactif et votre esprit inconscient ».

La science du sommeil. C'est seulement au cours des soixante-dix dernières années que les chercheurs se sont rendu compte que le sommeil était un état bien plus « actif » qu'on ne le pensait.

TYPES DE SOMMEIL
On en dénombre deux : le sommeil lent et le sommeil paradoxal, ou REM. Chaque nuit, notre cerveau alterne entre les deux de manière cyclique suivant cinq phases.

Phase une : entre l'état d'éveil total et l'endormissement, lorsque notre corps commence à se détendre. On appelle cette phase l'endormissement, elle dure de une à cinq minutes.

Phase deux : sommeil léger. La température du corps commence à baisser, notre respiration et notre rythme cardiaque ralentissent et deviennent réguliers. Cette phase peut durer entre dix et soixante minutes.

Phases trois et quatre : sommeil lent profond. Notre rythme cardiaque et notre respiration ralentissent tandis que notre cerveau émet des ondes de forte amplitude à basses fréquences, connues sous le nom d'ondes delta. Si l'on vous réveille au cours de ces phases, qui durent de vingt à quarante minutes, vous vous sentirez groggy.

Phase cinq : sommeil paradoxal ou REM (pour *Rapid Eye Movement*, les mouvements oculaires rapides qui se manifestent pendant cette phase). Nos muscles, à l'exception des yeux et des poumons, se retrouvent temporairement paralysés. Notre respiration s'accélère et notre activité cérébrale augmente pour atteindre des niveaux similaires à ceux de l'état d'éveil. Pendant cette phase nous faisons l'expérience de nos rêves les plus intenses et vivaces. Notre premier cycle de sommeil paradoxal dure environ dix minutes, mais augmente en durée avec chaque nouveau cycle pour finalement couvrir près de quatre-vingt-dix minutes de sommeil.

LES BÉNÉFICES DU SOMMEIL

En moyenne, les cinq phases de sommeil vont se succéder entre quatre et cinq fois par nuit. Bien que les scientifiques ne sachent pas exactement pourquoi, chaque phase est cruciale pour tirer du sommeil les bénéfices qui impactent tant le cerveau que les fonctions corporelles.

Apprendre et mémoriser. Pensez à la façon dont vous vous sentez après une très mauvaise nuit. Le simple fait de se souvenir des informations contenues dans le journal du matin est une tâche ardue. C'est parce que le sommeil joue un rôle essentiel dans notre capacité à nous concentrer et à apprendre. C'est un phénomène appelé « acquisition » qui se produit lorsque notre cerveau est face à de nouvelles informations. Autre élément lié à la mémoire : celui du rappel – notre faculté à accéder à l'information. Celle-ci se trouve boostée par une bonne nuit de sommeil.

De plus, l'acte même de dormir est ce qui nous aide à intégrer et à retenir ce que nous avons appris – c'est ce qu'on appelle la « consolidation de la mémoire ».

Bien-être mental. Dormir suffisamment, permet de réduire notre stress et notre irritabilité, et nous aide à stabiliser notre humeur. Des études montrent que dormir d'un sommeil réparateur renforce la résilience émotionnelle.

SANTÉ PHYSIQUE

Une bonne dose de sommeil renforce notre santé physique.

Santé cardiovasculaire. Une tension artérielle réduite pendant que l'on dort aide notre corps à maintenir une tension moyenne plus basse en journée, ce qui diminue ainsi les risques d'accidents vasculaires. Dormir suffisamment permet également de réduire le taux de cholestérol LDL, le « mauvais » cholestérol, qui peut provoquer des maladies cardiaques.

Régulation du taux d'insuline. Avec un cycle de sommeil sain, le corps est capable de mieux réguler nos taux de sucres dans le sang, ce qui contribue à prévenir le diabète.

Meilleure immunité. Les protéines appelées « cytokines », qui aident à combattre une infection ou une inflammation, sont sécrétées pendant notre sommeil. Des études montrent que les personnes qui dorment suffisamment présentent moins de risque de tomber malades après avoir été exposées à un virus et que si elles tombent malades leur durée de convalescence est plus courte.

LE PRIX D'UN MAUVAIS SOMMEIL

En moyenne, un adulte a besoin de sept à huit heures de sommeil chaque nuit, mais dans nos vies remplies, modernes et adeptes des technologies, cela peut sembler difficile à atteindre. Une étude parue en 2016 et réalisée par les Centres pour le contrôle et la prévention des maladies, la principale agence fédérale aux États-Unis en matière de protection de la santé publique, a montré qu'un tiers des adultes américains dormait régulièrement trop peu. Les effets d'une mauvaise nuit de sommeil sont souvent apparents, mais ceux d'un sommeil chronique de mauvaise qualité sont moins flagrants mais bien plus préjudiciables pour notre bien-être.

Manque de sommeil sur le court terme. On le sait tous, une mauvaise nuit peut impacter la journée entière : impossibilité de se concentrer, « brouillard mental », irritabilité et instabilité émotionnelle. Des études ont montré que le manque de sommeil à court terme peut avoir des conséquences sur la vue et augmente le risque d'accident de la route.

Manque de sommeil sur le long terme. Un sommeil interrompu peut impacter nos neurotransmetteurs et notre taux de cortisol (qui régule le stress), conduisant ainsi à la dépression et l'anxiété. Comme le manque de sommeil augmente la résistance à l'insuline ainsi que la sécrétion de l'hormone ghréline, celle qui régule notre appétit, on l'associe à la prise de poids et au diabète de type 2. Le manque de sommeil a été mis en lien avec les problèmes de calcification des artères coronaires et d'hypertension, qui peuvent augmenter les risques de maladies cardiovasculaires et d'infarctus.
Autre conséquence d'un mauvais sommeil : l'inflammation, qui affaiblit la réponse de notre système immunitaire et ouvre la voie à d'autres maladies chroniques.

DETTE DE SOMMEIL :
Malheureusement, nous ne pouvons pas emmagasiner le sommeil.
Mais nous pouvons, en revanche, rattraper le manque. La dette de sommeil est la différence entre la quantité de sommeil dont votre corps bénéficie la nuit et celle dont votre corps devrait bénéficier. Une dette de sommeil n'est certes pas importante après une ou deux nuits, mais peut croître pour atteindre un niveau alarmant jusqu'à ce que nous nous sentions fatigués en permanence. Vous vous sentirez bien sur le moment après une grasse matinée, mais cela n'annulera pas votre dette de sommeil chronique. Essayez d'ajouter une heure ou deux chaque nuit jusqu'à ce que vous trouviez votre rythme naturel de sommeil et soyez capable de vous réveiller sans réveil.

COMMENT BIEN DORMIR

Il est évident que dormir plus et mieux est important pour notre bien-être physique, mental et émotionnel. Une approche holistique de la santé fait du sommeil une priorité et crée un terrain propice au rêve. Toutefois, trouver un sommeil de qualité est parfois plus facile à dire qu'à faire. Alors que l'adulte passe en moyenne deux décennies et demie à dormir dans sa vie, il consacre également sept ans à « essayer de dormir ».

Soutenez votre rythme circadien. Il est généré par votre horloge interne, qui régule le cycle veille-sommeil sur une période de vingt-quatre heures. Pour l'aider, vous pouvez vous exposer à beaucoup de lumière naturelle dans la journée, limiter le recours aux éclairages artificiels et faire coïncider autant que possible votre heure de coucher avec celle du soleil.

Réduisez votre temps d'écran le soir. Les écrans – smartphones, tablettes, ordinateurs et télévision – émettent une lumière bleue qui peut envoyer un fort signal à notre cerveau, lui demandant de rester éveillé. Eteignez les écrans au moins trente minutes avant de vous coucher.

Ne buvez pas d'alcool. Boire de l'alcool facilite souvent l'endormissement et peut augmenter le sommeil lent, mais cela modifie les différentes phases de sommeil, ce qui peut avoir pour conséquence un sommeil haché. Mieux vaut ne pas prendre ce fameux verre de vin au dîner, surtout si vous êtes sujet à l'insomnie.

Réduisez votre consommation de caféine.. Des études ont montré que la consommation de caféine a des effets perturbateurs sur le sommeil, notamment quand elle est prise plus tard dans la journée. Essayez d'arrêter la caféine au moins six heures avant votre heure de coucher.

Soyez consistant dans votre rythme de sommeil. Soyez consistant dans votre rythme de sommeil. Se coucher et se réveiller à la même heure chaque jour vous aidera à ajuster votre horloge interne, ce qui facilitera votre endormissement et votre réveil.

CRÉER UN SANCTUAIRE DU SOMMEIL

Dans la mesure où nous y passons nos nuits, faire de notre chambre un espace confortable, aussi propice au sommeil (et au rêve) que possible, est une façon merveilleuse de savourer son repos.

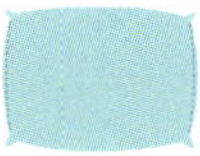

Évaluez la qualité de votre matelas et de votre literie. Ce sur quoi vous dormez est tout aussi important que la pièce dans laquelle vous dormez, donc assurez-vous d'avoir un matelas confortable et des draps propres, doux et odorants. Votre oreiller a aussi son importance – songez à le remplacer s'il est vieux et optez pour un qui possède votre degré de fermeté préféré.

N'utilisez votre chambre que pour le sommeil et l'intimité. si cela est possible, faites du repos et de la relaxation son objectif principal.

Désencombrez votre chambre. À chambre désordonnée, esprit désordonné, ce qui peut nuire à la qualité de votre sommeil. Assurez-vous que les surfaces soient débarrassées de tout ce qui n'est pas essentiel et rangez les vêtements (propres ou sales) tous les jours. Posséder une table de nuit est pratique, notamment lorsque vous êtes prêt à vous souvenir de vos rêves et à les consigner, mais n'y mettez que le strict minimum : des objets intentionnels qui favorisent un sommeil et une vie onirique sains.

Bannissez les écrans. Il est Essayez d'instaurer une politique de bannissement des écrans dans votre chambre. Conservez vos ordinateur, télévision et smartphone dans une autre pièce, et pour vous réveillez optez pour un réveil analogique.

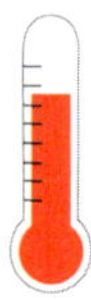

Contrôlez la température. En moyenne, 18 °C est une température idéale pour dormir, mais chacun est différent, donc adaptez votre environnement en fonction de vous.

Offrez-vous des petits extras aux vertus apaisantes. Diffuseurs d'huiles essentielles, bougies ou plantes, choisissez les objets qui vous apaiseront.

NOURRISSEZ VOS RÊVES

Les rêves sont un portail extraordinaire vers un monde fantastique – un monde qui peut nous éclairer sur nos relations et sur nous-mêmes, nous aider à intérioriser les choses et à trouver des solutions à nos problèmes, un monde que nous sommes invités à visiter chaque nuit.

« NOUS SOMMES DE L'ÉTOFFE DONT SONT FAITS LES RÊVES. » – *William Shakespeare*

QUE SONT LES RÊVES ?

Que sont donc les rêves ? Voilà une question qui semble relativement simple, mais pour laquelle nous n'avons pas en vérité toutes les réponses, ce qui explique en partie pourquoi les rêves et le travail sur le rêve sont aussi passionnants. Les rêves ont toujours captivé les humains à travers les âges et les civilisations. Bien que la science nous ait donné la possibilité d'en savoir plus que jamais, il est important de se souvenir que nous en ignorons encore beaucoup sur le sujet.

LA SCIENCE DU RÊVE

Comme nous l'avons mentionné dans le chapitre précédent, nos rêves les plus intenses surviennent pendant la cinquième phase de notre cycle de sommeil appelée sommeil paradoxal ou REM (*Rapid Eye Movement*). Le sommeil paradoxal a été découvert en 1953 par le chercheur Eugene Aserinsky, alors doctorant à l'université de Chicago, marquant ce que beaucoup considèrent comme l'aube des études modernes sur le sommeil. En mettant en évidence les mouvements oculaires rapides et intermittents pendant la phase de sommeil associée aux rêves, il a enfin mis en lumière le phénomène selon lequel le cerveau est actif lorsque nous rêvons, même si le corps ne l'est pas.

Différentes zones du cerveau travaillent de concert pour que cela se produise. Les chercheurs pensent que le sommeil paradoxal est généré par le tronc cérébral, tandis que les rêves eux-mêmes naissent dans le cerveau antérieur. Les neurotransmetteurs – dont certains sont inactifs pendant le sommeil REM, tandis que d'autres jouent un rôle plus important – ont également un effet sur nos rêves. Les neurotransmetteurs qui nous maintiennent en éveil, par exemple, sont inactifs (s'assurant ainsi que nous restions inconscients vis-à-vis de notre environnement réel), tandis que la substance chimique appelée « dopamine » sécrétée par le cerveau et que l'on pense associée aux hallucinations est plus prédominante.

En fait, le cerveau est en grande partie inactif pendant que nous dormons. Dans le cerveau moyen, le système limbique s'anime – c'est l'endroit où nous traitons les émotions, dont la peur. Notre cortex visuel est lui aussi particulièrement actif, tout comme d'autres parties du cortex (les chercheurs pensent que celui-ci génère le contenu de nos rêves). Le lobe frontal, qui s'occupe des fonctions cognitives supérieures où naît la pensée critique, est le moins actif (d'où la suspension de notre capacité à nous montrer incrédules, peu importe l'absurdité du contenu de nos rêves). Toutefois, des études ont montré que pendant le sommeil paradoxal des ondes thêta aux fréquences basses traversent même le lobe frontal, événement qui se produit dans le cerveau d'une personne éveillée qui apprend et traite des informations.

LA PSYCHOLOGIE DU RÊVE

Les rêves ont toujours été une source de fascination à travers les âges et les cultures mais ce n'est qu'au début du XXe siècle que le domaine de la psychologie a commencé à se pencher sur le sujet, grâce en grande partie aux travaux d'un seul homme.

Sigmund Freud. Le célèbre neurologue autrichien est connu pour son travail sur la psychanalyse, une méthode de traitement des problèmes mentaux qui s'appuie sur le dialogue entre le patient et le psychanalyste – pensez à l'image classique du patient allongé sur un canapé de cuir noir et du psychanalyste silencieux, son cahier de notes à la main. Ses travaux explorant le lien entre le conscient (ce dont nous avons conscience), le subconscient (sur lequel s'appuie le conscient) et l'inconscient (les souvenirs, les pensées et les désirs dont nous n'avons pas conscience) ont contribué à façonner un certain nombre d'idées sur la psyché et le comportement humain. Freud pensait que les rêves étaient la clef pour comprendre l'inconscient. Son ouvrage *L'Interprétation du rêve*, paru en 1899, a mis en avant sa théorie d'accomplissement d'un désir et introduit la pensée, toujours d'actualité, selon laquelle les rêves peuvent être une fenêtre sur notre psyché.

Carl Jung. Le psychiatre suisse est un autre grand nom dans le domaine de la psychologie et du rêve. Il fut le célèbre protégé de Freud mais les deux hommes ont fini par emprunter des voies différentes, Jung choisissant de développer la psychologie analytique et adoptant une approche différente de celle de l'inconscient. Selon sa théorie de l'inconscient collectif, qu'il pensait partagée par l'humanité tout entière, des pensées et des images étaient ancrées en nous par le biais de l'expérience ancestrale. Les rêves y jouaient un grand rôle et pouvaient être interprétés à l'aide de symboles et d'archétypes également compris de manière universelle. Il pensait aussi cependant que les rêves étaient des expressions personnelles, leur interprétation devenant ainsi une démarche très individuelle. Ainsi, à travers le prisme des rêves on pouvait observer à la fois l'individu et l'humanité entière.

L'ÉNIGME DES RÊVES

L'une des choses les plus importantes et les plus fascinantes est combien nous en savons peu sur les rêves. À l'instar de ce que Jung avançait, ils sont une expérience hautement personnelle – aucun rêve ne se ressemble d'une personne à une autre – partagée par l'humanité tout entière (et même par certains membres du royaume animal). Ils peuvent être porteurs de tristesse, de joie, de savoir et de sagesse. Ils peuvent nous offrir des messages d'avertissement. Ils sont ce que nous en faisons.

POURQUOI RÊVONS-NOUS ?

Nous ne savons peut-être pas encore exactement ce que les rêves sont réellement, mais cela ne nous empêche pas d'émettre des théories sur nos raisons de rêver. En voici quelques-unes qui abordent ce que les rêves peuvent nous apporter, physiquement, mentalement et sur le plan émotionnel.

Théorie de la simulation de la menace. Antti Revonsuo, chercheur en neurosciences finlandais, postule que la conscience du rêve est un mécanisme de défense biologique lié à l'évolution. Notre instinct de survie ancestral se sert des rêves au contenu menaçant pour simuler les dangers présents dans le monde réel, permettant ainsi aux mécanismes cognitifs de notre cerveau de fondamentalement « s'entraîner » à percevoir le risque et à l'éviter.

Hypothèse de l'activation-synthèse. Cette théorie neurobiologique a été développée par les psychiatres de Harvard J. Allan Hobson et Robert McCarley. Elle explique que les rêves sont une façon pour le cerveau de donner du sens à sa propre activité – le fait que les neurones continuent à s'agiter bien après que nous nous sommes endormis. Lorsque le tronc cérébral s'active au cours de la phase de sommeil paradoxal, ce sont des zones du système limbique du cerveau, dont l'amygdale et l'hippocampe, où vivent nos émotions et nos sensations, qui répondent. Selon cette théorie, nos rêves sont une manière pour le cerveau d'interpréter ces signaux, un processus physiologique qui chauffe ses circuits, en quelque sorte. C'est pour cela, en partie, qu'ils sont si étranges – le lobe frontal se retrouve à essayer de donner un sens à une activité cérébrale totalement aléatoire.

Théorie du traitement de l'information. Cette théorie contribue à expliquer pourquoi rêver peut développer notre capacité à apprendre. Elle met en avant l'idée selon laquelle le cerveau, pendant que nous dormons, utilise le sommeil REM pour transférer l'information que nous avons accumulée pendant la journée vers la mémoire, la triant, l'organisant et la conservant. L'information utile est inscrite dans la mémoire, tandis que tout ce qui est moins vital est écarté.

La théorie du rêve selon Jung. En termes simples, Jung pensait que les rêves étaient des messages venus de l'inconscient. Bien que Freud ait été le premier à mettre en avant cette idée, sa vision des messages était plutôt réduite (voir sa théorie sur l'accomplissement du désir page 48). Jung, quant à lui, croyait que les rêves pouvaient être porteurs d'un nombre infini de messages et qu'ils étaient profondément symboliques, puisant dans l'inconscient collectif mais aussi dans les expériences extrêmement personnelles du rêveur.

LES DIFFÉRENTS TYPES DE RÊVES

Tous les rêves n'entrent pas parfaitement dans une catégorie. En fait, ils appartiennent souvent à plusieurs. Ceci n'est pas une liste exhaustive, mais cela vous permettra de vous familiariser avec certains types de rêves afin de vous aider à mieux comprendre vos propres expériences.

Rêves de faux réveil. Nous avons presque tous déjà fait un rêve dans lequel nous nous sommes « réveillés », nous rendant compte seulement lorsque notre corps s'est éveillé pour de bon que nous étions en fait encore en train de rêver. Souvent, ces rêves sont un mélange de sommeil et d'éveil – peut-être notre repos a-t-il été perturbé par un effet de notre environnement, ou alors un réveil imminent tôt le matin, pour un vol ou une réunion, par exemple, peut nous avoir rendus anxieux.

Rêves récurrents. Selon les travaux du scientifique Antonio Zadra sur le sommeil, entre 60 et 75 % des adultes connaissent des rêves récurrents, ces rêves répétés que nous faisons sur une longue période et dans lesquels nous faisons des experiences semblables ou rencontrons des sensations similaires.

Rêve prémonitoire. Parfois, nous pouvons rêver d'un événement qui se produit ensuite quand nous sommes éveillés. Tandis que certains croient que leur rêve leur a prédit l'avenir, certains chercheurs pensent que c'est seulement la façon qu'a le cerveau de nous préparer à quelque chose que notre moi conscient sait sur le point d'arriver. D'autres chercheurs citent les statistiques : avec la myriade d'expériences que nous faisons au quotidien et les rêves multiples que nous avons en une nuit, un rêve va forcément être en lien avec une expérience de vie réelle ultérieure.

Rêves lucides. Le rêve lucide se réfère à l'occasion relativement rare où nous sommes capables de reconnaître dans notre rêve que nous rêvons effectivement. Parfois, cela nous permet de guider le déroulement de nos rêves ou d'exercer une sorte de contrôle sur la façon dont nous y bougeons ou y agissons. Étant donné la fréquence à laquelle nous rêvons, le rêve lucide ne constitue qu'un très petit pourcentage, à peine plus de la moitié des adultes rapportant qu'ils en ont fait l'expérience dans leur vie. Certains trouvent, cependant, que se rappeler ses rêves et les interpréter augmentent la probabilité de faire des rêves lucides.

Cauchemars. Lorsque l'on parle de vie onirique et de notre désir de développer nos capacités, les cauchemars ne font certainement pas partie des types de rêves auxquels nous pensons. Ce sont des rêves au cours desquels quelque chose de terrible se produit, nous laissant terrifiés, anxieux, blessés ou bouleversés – parfois tout en même temps. Contrairement aux rêves lucides, les cauchemars sont malheureusement bien plus courants. Les études montrent que 50 à 85 % des adultes disent faire des cauchemars de manière occasionnelle, et jusqu'à 8 % d'entre eux, des rêves perturbants de manière régulière.

ALIMENTS ET PLANTES AROMATIQUES

La nourriture peut impacter non seulement nos cycles de sommeil, mais aussi les rêves que nous faisons, ainsi que notre capacité à nous en souvenir.

ALIMENTS RICHES EN TRYPTOPHANE

Le tryptophane est un acide aminé essentiel (les éléments de base des protéines) qui soutient la production de sérotonine, véritable booster d'humeur, et de mélatonine, qui aide au sommeil. Manger des aliments riches en tryptophane peut contribuer à vous faire passer une bonne nuit de sommeil, notamment s'ils sont combinés avec des glucides, qui augmentent le taux d'insuline dans le sang et aident à acheminer le tryptophane au cerveau.

Lait entier : peut-être que la tradition du verre de lait chaud le soir a du bon. Le lait entier est l'une des plus grandes sources de tryptophane et de vitamine B6.

Dinde et poulet : la viande blanche contient plus de tryptophane que la rouge, la dinde et le poulet en constituent également une bonne source.

Avoine : bien que les taux les plus élevés de tryptophane se trouvent dans les protéines animales, l'avoine en est une bonne source végétarienne et végane.

ALIMENTS RICHES EN VITAMINE B6

Une étude récente publiée dans le *Journal of Perceptual and Motor Skills* a montré que manger des aliments riches en vitamines B6 n'affecte pas l'intensité ni la teneur des rêves, mais peut améliorer notre capacité à nous en souvenir. Les aliments suivants en sont de bonnes sources :

Poisson : le poisson, saumon et thon particulièrement, mais aussi vivaneaux, est une excellente source de vitamine B6.

Noix et graines : elles sont riches en vitamine B6, notamment les pistaches, les graines de tournesol et de sésame.

Légumes : patate douce et épinards renferment une quantité non négligeable de vitamine B6.

Fruits : certains fruits peuvent constituer une autre source de vitamine B6. Si les avocats en renferment le plus, les bananes ne sont pas loin derrière.

HERBES ET PLANTES

En thé ou en tisane, ou sous forme de teinture mère ou de complément alimentaire, elles sont merveilleuses pour bien dormir et rêver.

Scutellaire casquée : de la famille de la menthe elle aide à lutter contre l'anxiété de manière fabuleuse grâce à ses propriétés calmantes. (Ne pas utiliser si vous êtes enceinte ou si vous allaitez.)

Mélisse officinale : cette plante herbacée fait aussi partie de la famille de la menthe et dégage une odeur citronnée. Elle apaise en cas d'agitation et est également efficace pour les états dépressifs légers.

Ashwagandha : il a été démontré que le ginseng indien aide à soulager l'anxiété et à réguler les cycles de sommeil.

Houblon : le houblon a des effets calmants sur la digestion, ce qui peut favoriser une bonne nuit de sommeil. Cette plante est également connue pour ses propriétés sédatives - elle détend le système nerveux et aide à soulager l'insomnie.

Passiflore: voici une autre plante aux vertus légèrement sédatives qui apaise le système nerveux et calme l'anxiété et l'agitation.

ARMOISE

L'armoise est la plante herbacée la plus commune et la plus souvent employée pour intensifier la vie onirique. On la trouve partout et son coût reste abordable. Elle aide à se souvenir des rêves, leur donnant un relief, une richesse et des qualités sensorielles. Il est même possible qu'elle renforce votre expérience onirique en vous rendant plus conscient du fait que vous rêvez.

TISANE DU SOIR À LA PASSIFLORE

Cette tisane aromatique calmante et apaisante est parfaite avant de se coucher pour passer une nuit reposante peuplée de rêves.

INGRÉDIENTS

¾ de c à c de passiflore séchée
¼ de c à c de mélisse officinale
225 ml d'eau

Préparation : 5 min | **Temps d'infusion :** 3–5 min | **Nombre de tasses :** 1

Placez les herbes dans un mug, un infuseur à thé ou un sachet en mousseline. Faites bouillir l'eau et versez-la dans la tasse, laissez infuser entre trois et cinq minutes. Ôtez l'infuseur et savourez.

PORRIDGE BANANE PISTACHE

Qui a dit que le porridge était réservé au petit-déjeuner ? Ce bol réchauffe et apaise tout en favorisant le sommeil – il est parfait pour se faire plaisir à la fin de la journée.

INGRÉDIENTS

120 ml de lait entier
120 ml d'eau
45 g de flocons d'avoine
½ c à c de cannelle en poudre
Pincée de sel
½ banane en rondelles
1 c à s de beurre de pistache
1 c à s de pistaches concassées
Un peu de sirop d'érable (facultatif)

Préparation : 5 min | **Cuisson** : 10 min | **Nombre de parts** : 1

Dans une petite casserole, faites bouillir l'eau et le lait. Ajoutez les flocons d'avoine, la cannelle et le sel, puis réduisez le feu. Continuez la cuisson sur feu doux jusqu'à ce que le porridge s'épaississe et que vous obteniez la consistance désirée.
Versez le tout dans un bol, décorez de rondelles de banane, de beurre de pistache, des pistaches et, si vous en avez envie, arrosez d'un léger filet de sirop d'érable.

LES HUILES ESSENTIELLES

Les bénéfices de l'aromathérapie sont puissants et grands, notamment en ce qui concerne le domaine du sommeil et des rêves. Les huiles essentielles et les différentes façons de les utiliser sont fabuleusement apaisantes pour le corps et l'esprit.

HUILE	UTILISATION
Lavande Ce n'est pas un hasard si l'on retrouve la senteur de la lavande dans autant de produits pour le bain et le corps. Cette huile, élaborée à partir des sommités fleuries de la lavande vraie ou *Lavandula angustifolia*, calme et apaise. Elle est aussi utilisée pour soulager les maux de tête et l'insomnie.	Ajoutez une goutte ou deux de lavande sur votre oreiller la nuit pour créer un environnement propice à la détente et au sommeil. 
Néroli Le parfum envoûtant du néroli provient des fleurs de bigaradier *Citrus aurantium*, l'arbre qui produit les oranges amères. Il est aussi célèbre pour ses vertus apaisantes et son odeur, qui redonne la bonne humeur, que pour sa capacité à favoriser le sommeil – une combinaison merveilleuse pour faire des rêves agréables.	Diffusez quelques gouttes de néroli dans votre chambre juste avant de vous coucher pour offrir à votre corps et à votre esprit une nuit reposante. 

Gardez à l'esprit que toutes les huiles mentionnées ici peuvent induire des effets de somnolence et que leur utilisation doit être adaptée.
*Peut avoir un effet photosensibilisant sur certaines personnes.
Ne pas utiliser chez la femme enceinte.

HUILE	UTILISATION
Ylang-ylang Cette huile aux notes sucrées et fleuries est obtenue à partir des fleurs jaunes de l'arbre tropical *Cananga odorata* et possède un large éventail de bienfaits. Elle est notamment réputée pour faire baisser la tension et aider à soulager la dépression, ses effets sont très apaisants.	Versez une goutte d'ylang-ylang dans une goutte ou deux d'huile neutre et appliquez sur vos tempes juste avant d'aller vous coucher. Fermez les yeux et inhalez profondément et lentement. 
Nard L'huile essentielle de nard, douce et boisée, est extraite des racines de la plante fleurie du nard de l'Himalaya, *Nardostachys jatamansi*, et est connue pour ses propriétés hautement relaxantes. On peut l'utiliser pour détendre les muscles, calmer l'anxiété et apaiser toute sorte d'agitation, ce qui permet ainsi un sommeil profond et réparateur.	Mélangez l'huile essentielle de nard à une base neutre et versez le tout dans un bain parfumé extrêmement relaxant (voir page 38). 
Verveine* Obtenue à partir des feuilles de l'arbuste aromatique de la famille des verbénacées, *Lippia javanica*, la verveine est profondément apaisante et favorise la bonne humeur. On l'utilise également pour soulager les muscles et doper l'immunité.	Ajoutez de l'huile essentielle de verveine à une base neutre pour un massage des pieds ultrarelaxant avant le coucher. 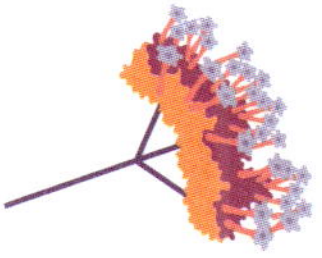

UNE HUILE DE BAIN DE RÊVE

Cette huile de bain aux tonalités fleuries et boisées allie les propriétés d'un bain chaud, qui favorise le sommeil, aux vertus apaisantes et propices à un meilleur ancrage de ses huiles essentielles.

INGREDIENTS

45 ml d'huile d'amande douce
1 c à s d'huile de jojoba
4 gouttes d'huile essentielle de nard
10 gouttes d'huile essentielle de néroli
6 gouttes d'huile essentielle de lavande

Préparation : 5 min | **Durée de conservation :** 1 an
Conservation : dans un petit flacon opaque

Versez tous les ingrédients dans un petit flacon opaque et remuez doucement pour les mélanger. Utilisation : une cuillère à soupe sous l'eau chaude du robinet lorsque vous faites couler le bain.

LES CRISTAUX

Utiliser les cristaux est une belle façon de plonger plus profondément encore dans votre vie onirique tout en douceur. Ce n'est pas surprenant que les pierres associées au sommeil et qui favorisent le rêve soient également celles qui parlent à notre conscience supérieure et vibrent de l'énergie du royaume spirituel.

CÉLESTINE

La célestine est une pierre qui ouvre la voie vers le divin. C'est peut-être la raison pour laquelle elle est si répandue dans le travail sur le rêve. Ce cristal bleu pâle est celui de la clarté et de la paix, il ouvre l'esprit à notre conscience supérieure. Il apportera de l'intensité à vos rêves et pourra également vous aider à vous en souvenir.

Utilisation : imprégnez votre espace de la paix et de la positivité de la célestine en la gardant sur votre table de nuit, où elle pourra bénir votre sommeil de rêves pertinents.

QUARTZ ESPRIT

Voici une autre pierre qui construit un pont vers la conscience supérieure, contribuant ainsi à l'assimilation de la sagesse et de la connaissance divines. Comme les rêves peuvent être un portail vers notre essence, il est logique que ce cristal lavande soit aussi réputé pour renforcer l'état de rêve.

Utilisation : tout juste avant le coucher, méditez brièvement en tenant le quartz esprit dans vos mains, vous préparant ainsi à une bonne nuit de sommeil et déclarant votre intention de faire des rêves clairs et pertinents.

LABRADORITE

Un éclat iridescent est incrusté dans cette pierre grise, indication visuelle qu'il connecte les mondes visible et invisible. C'est un cristal de positivité et de protection qui est connu pour renforcer les dons psychiques, transformant votre état de rêve en un outil plus puissant de perspicacité et d'illumination.

Utilisation : glissez un morceau de labradorite sous votre oreiller avant de vous endormir pour favoriser les rêves et les aider à devenir des messages encore plus empreints de sens.

JADE

Ce magnifique minéral est connu sous le nom de « pierre de rêve », non seulement parce qu'il nous aide à nous souvenir de nos rêves, mais aussi pour la façon dont il renforce notre compréhension quand nous travaillons à les interpréter. Il est fortement connecté au chakra du cœur, et ses bienfaits peuvent être particulièrement puissants lorsqu'on rencontre des problèmes en amour ou en amitié.

Utilisation : portez un bracelet de perles de jade au lit pour garder ses vibrations joyeuses et apaisantes sur vous pendant que vous rêvez.

Ci-dessus : dans le sens des aiguilles d'une montre en partant du haut, quartz esprit, célestine, labradorite, jade.

LES POSTURES DE YOGA

Essayez ces enchaînements avant de vous coucher pour vous apaiser, vous relaxer profondément et vous offrir une bonne nuit de sommeil et des rêves nombreux.

TADASANA (posture de la montagne)
Debout bien droit, les pieds fermement plantés au sol et écartés de la largeur des hanches. Balancez-vous doucement d'avant en arrière et d'un côté à l'autre, puis immobilisez-vous lorsque votre poids est bien réparti entre vos deux voûtes plantaires. Étirez les épaules vers l'arrière. Les bras le long du corps, tournez les paumes vers l'avant. Décontractez la mâchoire, relâchez les yeux et restez ainsi pendant trente secondes ou plus.

UTTANASANA (flexion avant debout)
De la posture Tadasana, levez les bras en inspirant puis soufflez en faisant retomber vos bras et le haut du corps vers le sol, en gardant le dos plat. Touchez le sol du bout des doigts devant vos orteils. Les genoux légèrement pliés, contractez vos quadriceps et relâchez votre tête, durant cinq respirations complètes. Puis mettez vos mains sur les hanches et relevez-vous doucement, en gardant le dos bien droit.

SUPTA MATSYENDRASANA (demi-torsion spinale)
Couché sur le dos, genoux pliés et pieds à plat, soulevez doucement vos hanches, les tournant légèrement vers la droite. Ramenez votre genou droit sur la poitrine, tendez la jambe gauche, pointez le pied gauche. Faites passer votre genou droit sur le côté gauche, pour que votre hanche droite se trouve au-dessus de la gauche. Posez la main gauche avec légèreté sur votre genou droit. Écartez le bras droit au sol et tournez la tête. Maintenez cette position pendant de plusieurs respirations, puis faites la même chose en changeant de côté.

VIPARITA KARANI **(posture de la demi-chandelle)**
Placez votre tapis contre un mur. Couchez-vous sur le côté, jambes au sol contre le mur. Tout en vous retournant sur le dos, relevez vos jambes contre le mur, ramenant vos fesses contre le mur. Placez vos bras sur le côté le long du corps, paumes vers le plafond. Restez ainsi pendant cinq minutes, puis faites redescendre vos jambes le long du mur jusqu'au sol.

SAVASANA **(posture du cadavre)**
Allongé sur le dos, les genoux pliés, tendez les bras de chaque côté formant un angle d'environ quarante-cinq degrés avec votre corps, les paumes vers le plafond. Rentrez vos omoplates et tendez une jambe après l'autre. Fermez les yeux, relâchez votre visage, votre bouche et votre mâchoire. Décontractez tout votre corps ainsi, en descendant jusqu'aux orteils. Restez ainsi pendant cinq minutes. Ouvrez les yeux, remuez les doigts et les orteils. Ramenez vos bras au-dessus de votre tête, roulez sur le côté gauche, les genoux repliés sur la poitrine. En vous appuyant sur les mains, redressez-vous en position assise.

LA TECHNIQUE DE RESPIRATION UJJAYI
La respiration *Ujjayi* est un élément fondamental dans la pratique du hatha yoga et a des effets merveilleusement apaisants sur le système nerveux. Bouche fermée, inspirez et expirez de manière régulière par le nez. Commencez à respirer plus profondément. À l'expiration suivante, contractez doucement les muscles de votre gorge, en produisant le bruit de l'océan. Continuez à respirer par le nez en maintenant la durée de vos inspirations et expirations, en laissant le son soutenir votre rythme intérieur lorsque vous êtes assis et vos mouvements lorsque vous pratiquez des *asanas*.

VISUALISATION & MÉDITATION

Quiconque a déjà fait l'expérience de troubles du sommeil sait que se détendre progressivement après une journée chargée et stressante et avant que nos yeux alourdis ne se ferment peut s'avérer être un cheminement long et ardu. Heureusement, la visualisation et la méditation peuvent véritablement voler à notre secours.

VOTRE PETIT COIN DE PARADIS

Accordez une pause à votre esprit et ses pensées incessantes, et adoptez la bonne attitude pour accueillir une nuit paisible de repos grâce à une visualisation rapide mais puissante juste avant de vous coucher. Vous pouvez faire cet exercice assis dans une pièce faiblement éclairée, ou allongé si vous êtes déjà au lit. Prenez trois respirations profondes, inspirant par le nez et expirant par la bouche, afin de décompresser vos systèmes. Fermez les yeux et imaginez-vous dans un endroit qui vous emplit de calme. C'est peut-être la plage, une forêt que vous connaissez bien, ou même simplement votre parc préféré. Où qu'il se trouve, rendez-vous là-bas par l'esprit, en activant vos sens. Sentez le sable doux entre vos orteils, le soleil réchauffer vos épaules, humez l'air salé, entendez le bruit apaisant et régulier des vagues, remarquez le bleu vif de l'océan. Imaginez-vous à cet endroit pendant plusieurs minutes et sentez votre corps se détendre de plus en plus profondément.

LA LUMIÈRE DE L'AMOUR

Allongé sur le dos, installez-vous confortablement. Fermez les yeux et prenez trois profondes respirations, inspirant par le nez et expirant par la bouche. Formulez votre intention de passer une bonne nuit de sommeil et de faire des rêves intéressants et apaisants. Reconnaissez le fait que vous vous souviendrez de vos rêves et que vous avez hâte d'en tirer des enseignements. Visualisez une vive lumière blanche au centre de votre cœur : elle vibre de chaleur et d'une énergie positive et protectrice. Sentez comme cette lumière commence à grandir et à se diriger vers votre abdomen, puis votre zone pelvienne, et à descendre lentement le long de vos jambes, jusqu'à emplir chacun de vos orteils. Tandis que la lumière se propage à travers votre corps, sentez comme elle détend vos muscles, soulageant toute tension qui s'y serait accumulée et libérant l'énergie qui y est bloquée. Observez la lumière irradier depuis le centre de votre cœur, le long de vos bras jusqu'à chaque doigt, relâchant chaque muscle sur son passage. Elle se déplace lentement vers votre gorge, votre cou et votre tête, jusqu'à ce que votre corps tout entier soit baigné de lumière et complètement détendu. Remerciez la lumière et laissez-vous aller au sommeil.

SE SOUVENIR DE SES RÊVES ET LES CONSIGNER

Tout le monde fait des rêves. Se souvenir de ses rêves, cependant, est une tout autre histoire. Les consigner est la première étape pour mieux les comprendre et vous comprendre vous-même.

« MÊME UNE ÂME PROFONDÉMENT ENDORMIE TRAVAILLE AVEC OPINIÂTRETÉ ET CONTRIBUE AU DEVENIR DU MONDE. » – *Héraclite, philosophe grec*

LES BÉNÉFICES DU RÊVE

Tout comme le sommeil est impératif pour la bonne santé, les rêves présentent aussi une abondance de bénéfices.

Conscience émotionnelle. Matthew Walker, chercheur en neurologie, psychologue et spécialiste du sommeil, qualifie le sommeil où l'on rêve de « forme de thérapie nocturne ». Dans une étude menée en 2011, il a trouvé, avec ses collègues chercheurs, que sommeil et rêves contribuaient non seulement à continuer l'intégration des émotions qui se produit lorsque nous sommes éveillés, mais également à réduire les réactions néfastes face à des émotions négatives telles que la peur ou la colère. Ainsi, une bonne nuit de sommeil peuplée de rêves peut nous aider à comprendre et à surmonter toute une gamme de sentiments, nous permettant de nous remettre des expériences douloureuses ou fortes que nous avons faites pendant la journée.

Créativité et résolution de problèmes. Grâce au sommeil, nous pouvons trier et organiser l'information que nous intégrons ensuite à la mémoire, mais la recherche montre également que c'est pendant le sommeil où l'on rêve que notre cerveau peut effectivement assimiler cette information à un niveau supérieur, créant des connexions et débloquant des solutions, ce dont il est incapable à l'état d'éveil. Le célèbre chimiste russe Dmitri Mendeleïev affirmait avoir vu dans un rêve ce qu'il nomma plus tard le « tableau périodique des éléments ». Matthew Walker met en avant cette idée dans une étude où il a donné aux participants des exercices courts de mots croisés et de jeux d'énigmes avant qu'ils ne se couchent afin de les familiariser avec les tests. Les personnes qui ont été réveillées pendant les phases de sommeil autres que paradoxal ont démontré des capacités limitées pour les élucider, tandis que celles que l'on a réveillées au cours de leur sommeil REM ont résolu entre 15 et 35 % d'énigmes en plus que lorsqu'elles étaient éveillées.

L'accomplissement d'un désir. Pour en revenir à Sigmund Freud, les rêves peuvent aussi agir comme une sorte d'accomplissement d'un souhait, permettant à notre esprit pendant le sommeil de satisfaire certains désirs défendus, réprimés ou même inacceptables, que nous ne pouvons pas assouvir éveillés. Notre vie onirique peut ainsi nous aider à résoudre un conflit intérieur ou satisfaire des sentiments refoulés lorsque nous sommes éveillés. Freud utilise l'expérience de sa fille Anna âgée de dix-neuf mois et laissée à la diète durant la journée car elle avait été malade dans la matinée. Cette nuit-là, Anna parla avec excitation dans son sommeil de fraises et d'autres aliments qu'elle souhaitait vraisemblablement manger. Un excès de fraises était justement, selon sa nourrice, la cause de son indisposition, mais, dans sa vie onirique, Anna pouvait en déguster autant qu'elle le souhaitait.

CE QUE DIT LA SCIENCE

Il est clair que, si vous dormez la nuit, il y a de fortes chances pour que vous rêviez aussi. Cependant, vous souvenir ou non de ces rêves est une tout autre affaire. La plupart des gens disent se souvenir de quelques rêves par semaine. Une très petite catégorie de personnes (1 sur 250) dit ne s'être jamais souvenue d'un seul rêve. Tout comme les rêves demeurent un fascinant mystère de l'esprit humain, la raison pour laquelle on s'en souvient ou non est un autre élément inconnu de notre vie onirique.

UNE QUESTION DE TIMING

Les rêves surviennent dans la cinquième phase du cycle, pendant le sommeil paradoxal. Les gens que l'on réveille juste après cette phase ont davantage de chance de se souvenir de leurs rêves. La durée du sommeil joue également un rôle crucial. Comme nous traversons chacune des cinq phases du sommeil de manière cyclique plusieurs fois par nuit, plus nous complétons de phases de sommeil REM, plus nous rêvons et plus nous nous en souvenons. En outre, chaque phase de sommeil REM qui se succède est plus longue que la précédente, nous laissant ainsi davantage de temps pour rêver.

L'ACTIVITÉ CÉRÉBRALE

Des études montrent que se rappeler les rêves est lié à l'activité cérébrale. Des travaux menés en 2011 et dont les résultats ont été publiés dans le *Journal of Neuroscience* ont conclu que les participants ayant le plus de chance de se souvenir de leurs rêves étaient ceux qui présentaient davantage d'ondes thêta à basse fréquence dans leur lobe frontal. Ce type d'activité cérébrale est similaire à celle que l'on observe lorsque nous sommes éveillés et que le cerveau travaille à intégrer ou à rechercher des souvenirs. Les personnes dont la jonction temporo-pariétale (zone du cerveau qui intègre les informations extérieures et internes, qu'elles soient visuelles, auditives ou sensorielles) est plus active se souviennent plus, elles aussi, de leurs rêves que les autres. Cela pourrait être lié à leur attention plus élevée aux stimuli extérieurs et au fait qu'elles se réveillent plus fréquemment pendant leur sommeil, puisque nous ne pouvons intégrer nos rêves à notre mémoire que si nous sommes éveillés.

PERSONNALITÉ ET ÂGE

Bien que ce type de recherche soit bien moins spécifique, il existe des traits de personnalité qui semblent être en corrélation avec le fait que l'on se souvienne de ses rêves. Selon des études récentes menées par Michael Schredl sur le rêve, les personnes qui sont plus ouvertes aux expériences nouvelles disent se rappeler plus fréquemment leurs rêves, tout comme celles qui sont créatives ou très anxieuses. L'âge joue aussi un rôle : après un pic à la vingtaine, le taux semble décliner graduellement.

QUELQUES CONSEILS POUR MIEUX SE RAPPELER SES RÊVES

Que vous vous rappeliez vos rêves tous les jours de la semaine ou très rarement, il existe des moyens simples et efficaces pour se les remémorer facilement. La bonne nouvelle, c'est qu'en lisant simplement ce livre vous préparez votre cerveau à se rappeler au moins ce qui se passe pendant que vous rêvez.

Formulez vos intentions. Décider de se souvenir de ses rêves et se demander de le faire en s'endormant peuvent jouer un rôle important.

Endormez-vous lentement. Les personnes qui sombrent dans le sommeil rapidement et dorment profondément en continu ont moins de chance de se souvenir de leurs rêves. C'est parce qu'elles outrepassent ce que l'on appelle le « rêve hypnagogique » – le moment entre le sommeil et l'éveil, quand notre esprit entre dans un état similaire à celui du rêve – et restent dans les phases trois et quatre sans passer beaucoup de temps dans la phase de sommeil REM.

Éteignez votre réveil. Se faire réveiller en sursaut par le bip-bip alarmant d'un réveil est le meilleur moyen de dissiper tout souvenir du rêve que vous étiez en train de vivre. Essayez de vous réveiller sans réveil, même si cela ne vous est possible que le week-end.

Accordez-vous du temps. Quand vous vous réveillez, laissez les sensations durer. Ne sautez pas hors du lit pour préparer du café. Restez allongé tranquillement, les yeux clos. Laissez votre esprit se réveiller en douceur et explorer. Si votre esprit qui s'éveille est encore relié à votre vie onirique par un fil, suivez-le pour voir où il vous mène.

Faites le point sur vos émotions. Il se peut que vous vous réveilliez en pensant que vous ne vous souvenez pas d'avoir rêvé. Cependant, nous nous réveillons souvent avec une forme ou une autre d'émotion résiduelle laissée par nos rêves. Parfois, faire le point sur comment vous vous sentez au réveil peut être révélateur

Consignez vos rêves. Combien de matins vous êtes-vous retrouvé envahi d'images et d'émotions venues de votre sommeil paradoxal pour vous rendre compte quelques heures plus tard que vous aviez tout oublié ? Se souvenir de ses rêves peut être une expérience éphémère frustrante ; aussi en garder la trace permet-il de les intégrer dans notre mémoire, mais ouvre également la voie à encore plus de souvenirs. (voir la page 56).

RITUELS POUR STIMULER LES RÊVES

Mettre en place des rituels du soir apaisants et pertinents peut préparer votre corps et votre esprit à un sommeil riche et profond, tout en créant un environnement qui va stimuler la survenue de rêves et vous permettre de mieux vous en souvenir. Essayez l'un des rituels qui suivent, ou bien combinez ceux que vous préférez.

Prenez un bain. Profiter d'un bon bain chaud est une merveilleuse façon de décompresser après une journée chargée. Tamisez les lumières, allumez quelques bougies et ajoutez une cuillère à soupe de l'huile de bain de rêve (voir recette page 38) pour un véritable moment aromathérapeutique. Entrez progressivement dans le bain et laissez votre corps s'y détendre. Posez les cristaux qui favorisent le rêve près de la baignoire pour rendre ce moment encore plus magique.

Vaporisez une brume spécial sommeil. Concoctez une brume apaisante que vous pourrez utiliser pour créer une atmosphère positive avant le coucher. Versez quatre gouttes d'huile essentielle de nard, dix gouttes d'ylang-ylang et six gouttes de verveine dans 50 ml d'eau, dans un petit vaporisateur opaque de couleur ambrée ou bleu foncé. Quand vous êtes prêt à vous mettre au lit, vaporisez le mélange dans l'air et prenez de profondes inspirations calmantes.

Essayez de méditer avec une bougie. Asseyez-vous confortablement dans une pièce sombre. Allumez une bougie et concentrez-vous sur sa flamme, en laissant son vacillement détendre votre esprit et vous préparer à une bonne nuit de sommeil. Formulez l'intention de vous souvenir de vos rêves et d'y rechercher du sens le matin venu, puis soufflez la bougie.

Parfumez votre oreiller. Placer des plantes dans un sachet que l'on glisse ensuite sous son oreiller est une pratique répandue et centenaire. Non seulement le sachet dégage un parfum agréable, mais vous pouvez aussi choisir les plantes avec lesquelles travailler, comme celles qui favorisent le sommeil et sont réputées pour renforcer la vivacité et la positivité de vos rêves. Si une recette vous intéresse, rendez-vous en page 54.

Buvez une tisane. Savourer une tisane bien chaude – comme la tisane du soir à la passiflore page 32 – est une jolie transition entre les heures d'éveil et le moment du coucher. Vous trouverez incroyablement apaisant le rituel de faire votre tisane et de la siroter à petites gorgées, mais il présente aussi un autre avantage. Boire une tasse de tisane juste avant de vous coucher pourrait en effet vous contraindre à vous lever la nuit pour utiliser les toilettes : cela se produit typiquement juste après la phase de sommeil paradoxal et va ensuite augmenter vos chances de vous souvenir de vos rêves.

SACHET PARFUMÉ SPÉCIAL RÊVES

Offrez-vous un sommeil paisible et des rêves intenses grâce à cette tradition centenaire.

INGRÉDIENTS

1 c à s d'armoise séchée
1 c à s de mélisse séchée
½ c à s de houblon séché
½ c à s de camomille séchée
Huile essentielle de lavande ou d'ylang-ylang (facultatif)
Un petit sachet de mousseline
Un petit cristal de jade (facultatif)

Préparation : 5 min | **Conservation** : à consommer immédiatement
Nombre de tasses : 1

Dans un petit bol, mélangez vos plantes séchées. Ajoutez une goutte d'huile essentielle si vous le souhaitez et mélangez le tout. Pour un parfum plus marqué, incorporez une ou deux gouttes d'huile essentielle supplémentaires. Transférez ensuite votre mélange dans le sachet et glissez-y votre cristal. Refermez le sachet et placez-le sous votre oreiller pour la nuit.

GARDER LA TRACE DE SES RÊVES

Quand vous vous serez décidé à consigner vos rêves, vous serez peut-être surpris par le nombre de détails dont vous vous souviendrez en vous réveillant le matin. L'essentiel est de le faire régulièrement avec la méthode qui vous semble la mieux adaptée, qu'elle soit listée ci-dessous, que vous fassiez un mélange de plusieurs techniques ou qu'il s'agisse d'un tout autre système que vous aurez mis vous-même au point.

Carnet et crayon : gardez un carnet et un crayon sur votre table de nuit pour retranscrire vos rêves. Cela va également jouer un rôle d'aide-mémoire visuel : si les premières choses que vous voyez le matin sont votre carnet et votre crayon, vous serez préparé à immédiatement noter tout ce dont votre esprit se souviendra.

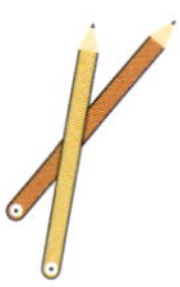

Dessin : vous pouvez utiliser votre carnet et votre crayon pour dessiner ou gribouiller certains éléments de vos rêves, ce qui vous aidera ensuite peut-être à trouver les mots.

Notes vocales : coucher ses rêves sur le papier au saut du lit n'est sans doute pas une perspective très réjouissante. Si vous peinez à y parvenir, utilisez la voix, avec un petit enregistreur digital ou une application sur son smartphone. Parler à voix haute de son rêve aide à l'intégrer dans la mémoire.

Mémos digitaux : si vous voulez avoir acces à tous vos rêves de manière digitale, entrez de courts mémos dans votre téléphone pour consigner vos rêves. Pourquoi ne pas vous envoyer chaque matin un email, ce qui vous permettrait de réexaminer votre rêve plus tard dans la journée ?

Appli de journal de rêves pour smartphone : vous pouvez utiliser l'une des nombreuses applications qui existent pour enregistrer ses rêves. Elles guident, aident à l'interprétation, vous permettent de rester organisé et peuvent aussi suivre vos rythmes de sommeil.

TENIR UN JOURNAL

Enregistrer vos rêves est un élément important pour renforcer votre capacité à vous en souvenir et à les interpréter, mais par où commencer ? Se retrouver devant une page blanche alors qu'un méli-mélo d'images dépourvues de sens et des souvenirs surréalistes nagent dans votre tête peut s'avérer une tâche plutôt décourageante, mais voici quelques conseils pour savoir comment procéder.

Il existe des journaux de bord spécifiquement conçus pour tenir un journal de ses rêves, mais l'essentiel est d'en trouver un que vous aimez, qui vous inspire et que vous prenez plaisir à ouvrir chaque matin pour y écrire.

Écrivez la date en haut de la page. Vous trouverez peut-être également judicieux de noter l'heure à laquelle vous vous êtes couché et celle où vous vous êtes réveillé. Plus vous consignerez vos rêves, plus vous vous rendrez compte qu'il existe une corrélation entre ce dont vous vous souvenez et vos rythmes de sommeil.

Si vous vous réveillez en ayant le sentiment d'être incapable de vous rappeler vos rêves, ne faites pas l'impasse sur votre journal. Décrivez toute émotion que vous aurez ressentie en vous réveillant, ou tout mot qui vous vient à l'esprit. Un peu d'écriture libre pourrait bien suffire à faire travailler votre mémoire et à permettre au rêve de vous revenir.

Parfois, il est possible que vous vous réveilliez avec le sentiment d'avoir trop de choses à écrire ! Voilà un problème de taille. Il peut être utile d'organiser vos pensées en vous servant de la fameuse méthode de questionnement : qui, quoi, quand, où et pourquoi (« comment » et « combien » font également partie de cette méthode, mais sont difficiles à déterminer dans le paysage surréaliste des rêves). Qui d'autre y avait-il dans votre rêve ? Que faisiez-vous ? À quel moment cela se produisait-il – passé, présent, futur – ? Où étiez-vous ? Et pourquoi ? Il ne vous sera sans doute pas possible de répondre à chacune de ces questions chaque fois, mais organiser vos pensées ainsi pourra vous aider à rendre leur enregistrement plus gérable. Après avoir écrit ce dont vous vous souvenez, vous trouverez peut-être utile de noter votre réaction. Était-ce traumatisant ? Drôle ? Passionnant ? Quel sentiment votre rêve vous a-t-il inspiré ?

Relevez tous les thèmes ou symboles. Au fur et à mesure que vous approfondirez votre travail sur le rêve, mettre par écrit les éléments qui se démarquent va vous aider dans votre interprétation et pourra mettre en lumière des schémas ou des phénomènes récurrents. Laissez de la place dans votre journal pour noter ultérieurement vos interprétations.

INTERPRÉTEZ VOS RÊVES

Maintenant que vous savez comment les rêves peuvent grandement influencer votre vie, il est temps d'approfondir la question de vos visions nocturnes et de ce qu'elles pourraient bien signifier.

« OUVREZ LES YEUX, CAR CE MONDE N'EST QU'UN RÊVE. » – *Rûmî*

LES RÊVES IMPORTANTS

Tous les rêves n'ont pas le même niveau de signification, aussi est-il important de comprendre certaines des possibilités qu'ils vous offrent. Ensuite, vous aurez une meilleure idée de ceux auxquels vous devez prêter attention.

Les rêves qui aident à assimiler le quotidien

Ces rêves sont simplement le moyen pour le cerveau endormi d'encoder l'expérience vécue pendant une journée type. Ils peuvent être banals et émotionnellement neutres, ou contenir des détails que vous pouvez relier aux événements de la journée. À moins que votre intuition ne vous dise de faire attention à un élément en particulier, ne vous y arrêtez pas trop longtemps après les avoir consignés.

Les rêves liés au stress

Avec ces rêves, votre cerveau répond à une journée, un événement ou une période stressants. Cela peut vous amener à chercher la source de cette anxiété et les moyens de la soulager.

Les rêves qui apaisent

Le scientifique Matthew Walker considère que la thérapie de nuit par le rêve (faire un rêve thérapeutique) aide à surmonter les traumatismes, l'angoisse née des problèmes relationnels ou tout autre élément qui vous affecte de manière négative. Ces rêves peuvent être intenses et libérateurs ou subtils, et vous permettent de normaliser ou d'intérioriser les émotions qui vous tourmentent.

Les rêves à messages

Tous nos rêves agissent tels des messages de notre esprit inconscient vers notre cerveau conscient, mais, ces messages peuvent être particulièrement délibérés et spécifiques. Il se peut que nous sachions certaines choses de manière intrinsèque mais que notre esprit, à l'état d'éveil, refuse de les accepter ou n'en ait tout simplement pas conscience.

Les rêves qui guident

Lorsque nous faisons face à une décision délicate, ou que nous avons des difficultés à choisir la direction à donner à notre vie, les rêves peuvent nous éclairer et même nous guider. Cela peut provenir de notre petite voix intérieure, ou de bien au-delà.

Les rêves spirituels

Parfois, nous avons l'impression que les rêves nous apportent une sagesse dont l'origine se trouve bien au-delà de notre monde physique. La présence de nos proches décédés dans nos rêves est toujours quelque chose qui vaut la peine d'être analysé.

COMPRENDRE LA CONSCIENCE

Peu de choses nous sont plus intimes ou personnelles que notre vie onirique. Les rêves sont des images que nous seuls pouvons voir, générées par les expériences très particulières que nous vivons éveillés et façonnées par nulle autre influence que la nôtre. C'est la raison pour laquelle il est utile de comprendre les trois instances de la conscience telles que Freud les a décrites en premier.

Le conscient

Cette instance renvoie à un état de conscience. Ce sont les pensées que nous avons pendant la journée, qui incluent toutes les choses que nous savons sur notre environnement et dont nous sommes conscients intérieurement. C'est le niveau supérieur superficiel de notre conscience et ce qui nous guide à travers nos journées. Le conscient sait ce que nous avons à faire, où nous devons nous trouver et comment nous y rendre.

Le subconscient

Le subconscient est la chambre forte qui renferme les informations juste en dessous de notre esprit conscient. C'est un réservoir géant de souvenirs, de pensées et d'émotions qui existe juste sous la surface de notre conscience. L'information qui y est conservée est facilement accessible et tout, dans le subconscient, pourrait être remonté vers le conscient si nous le voulions. En fait, notre esprit conscient va constamment y chercher des informations pendant la journée. Notre subconscient est aussi ce qui nous permet de continuer une activité, même lorsque notre esprit conscient pense à autre chose.

L'inconscient

L'inconscient se trouve sous le subconscient et regroupe toutes les choses qui échappent à notre conscience – nos plus anciens souvenirs. Ce sont les tréfonds de notre esprit, où notre instinct de survie peut enfouir les expériences et les émotions si profondément que nous n'en avons même pas conscience. Même s'il est incroyablement difficile d'accéder à l'inconscient, les souvenirs qui s'y trouvent aident à forger nos croyances, nos comportements et nos habitudes.

Là où les rêves interviennent

Ce qui est merveilleux avec les rêves, c'est qu'ils ne s'encombrent pas de la réalité qu'ils sont libérés des contraintes exercées par notre esprit conscient – les pensées et émotions dont nous avons fortement conscience – et qu'ils nous mettent en relation directe avec notre inconscient, inaccessible lorsque nous sommes éveillés. Ils puisent directement dans notre for intérieur. Et ils peuvent ainsi, une fois que nous commençons à les écouter, nous offrir une expérience très riche en enseignements.

INTERPRÉTER LES SYMBOLES

Pour l'interpréter, nous pouvons considérer chaque élément d'un rêve comme un symbole : chaque personne que vous avez rencontrée, l'environnement dans lequel vous étiez et l'action qui s'y est déroulée sont autant de choses qui ont une signification plus profonde que vous ne pourriez le croire en apparence. En observant ainsi vos rêves vous pourrez vous rendre alors compte que les idées derrière certains symboles ont plus de résonance que d'autres, et que d'autres éléments ne sont en effet que ce qu'ils semblaient en surface.

> SYMBOLE :
> Nom masculin, « chose qui en représente ou en suggère une autre en vertu d'une association relationnelle, de conventions ou d'une ressemblance accidentelle. Notamment : signe visible de quelque chose d'invisible. »

Imaginons que vous vous brossiez les dents dans votre rêve. Les dents représentent la sécurité et notre capacité à se nourrir. Elles peuvent aussi liées à la communication. Cela peut donc indiquer que vous avez besoin de mieux prendre soin de vous pour vous sentir « nourri ». Ou bien que la communication vous a semblé confuse et que vous avez besoin de travailler sur votre façon de vous exprimer pour vous sentir entendu. Bien sûr, si vous brosser les dents a été votre dernière action avant de vous mettre au lit, il est possible que cela ne résonne pas du tout comme un symbole – il se pourrait mais votre cerveau assimile la dernière action dans laquelle votre esprit en éveil a été impliqué. En d'autres termes, même si l'action dans votre rêve semble évidente, le symbolisme qui se cache derrière vaut la peine d'être exploré.

L'inconscient collectif

D'où vient donc alors ce symbolisme ? Carl Jung pensait que les rêves nous aident à puiser dans l'inconscient collectif. Selon cette théorie, de nombreux symboles ont une signification universelle. Tous les humains, peu importent leur âge, leur culture ou leurs croyances, comprennent de la même manière ce à quoi un objet ou une image sont associés. Nous sommes tous connectés via l'expérience humaine, ce qui se manifeste d'une manière symbolique que notre esprit conscient ne comprend pas, mais qui nous parle au niveau de l'inconscient. Le symbolisme général provient de cette idée d'inconscient collectif et de notre lien fraternel en tant qu'êtres humains, ainsi que de notre histoire ancestrale commune.

LE SENS DERRIÈRE LA SIGNIFICATION

Se pencher sur la signification universellement reconnue des symboles est une façon révélatrice de débuter en interprétation du rêve mais rester exclusivement à ce niveau ne donnerait qu'une vue d'ensemble à votre travail d'exploration, loin de tous les détails complexes de votre existence qui rendent votre vie onirique aussi riche. L'inconscient collectif permet à tous une interprétation commune à un niveau profondément ancré dans notre inconscient, mais il existe d'autres perspectives pour analyser les symboles.

Le contexte culturel

Nos origines culturelles et notre environnement sont aussi importants que notre identité, et exercent également une grande influence sur la signification de nos rêves. Notre contexte culturel comprend une multitude d'éléments, de la nourriture que nous mangeons à nos croyances religieuses, en passant par l'histoire de notre peuple. Prenons l'exemple de l'Église catholique. Si une église catholique apparaît dans un rêve, chacun, peu importent ses origines, peut comprendre qu'il s'agit d'un lieu de culte et de spiritualité. Pour une personne dont la famille est irlandaise, par exemple, et qui a été élevée dans un foyer catholique très pratiquant, cela aura cependant une tout autre signification que pour une personne musulmane.

Les associations personnelles

Au-delà du contexte culturel, chacun possède une vie entière d'expériences individuelles, de souvenirs et de connexions qui vont aussi influencer la signification des rêves. Disons, par exemple, qu'une femme rêve qu'elle pénètre dans une maison remplie de chats. D'un point de vue universel, les chats représentent l'autonomie et la créativité. La femme pourrait être ravie de savoir que sa créativité grandit et qu'elle est très autonome. Imaginons maintenant qu'une autre femme fasse le même rêve, mais qu'elle n'aime pas les chats et se sente très mal à l'aise. Elle pourrait l'interpréter ainsi : son indépendance actuelle est un obstacle et elle se sentira plus sereine si elle demande de l'aide dans les domaines où elle en a besoin.

Créer plusieurs niveaux d'interprétation

L'interprétation des rêves est très personnelle. Il existe des similarités dans les thèmes, mais aucun rêve ne se ressemble. C'est la raison pour laquelle il est utile de prendre le cadre donné par le symbolisme de l'inconscient collectif et de lui ajouter d'autres niveaux de sens et d'interprétation, ce qui vous donne ainsi la possibilité d'avoir une réflexion sur vous-même et une compréhension plus personnelles.

LES AUTRES DANS VOS RÊVES

Il est rare que nous fassions un rêve sans que d'autres personnes y soient présentes. Parfois, notre inconscient mélange plusieurs personnes en une seule : dans votre rêve, elle va ressembler à votre maman, cependant, pour une raison qui vous échappe, vous savez qu'il s'agit de votre collègue, qui semble être une célébrité que vous aimez particulièrement. C'est en partie ce qui fait que rêver est si amusant (mais aussi déroutant lorsque l'on essaie de déchiffrer pour la première fois la signification de ces messages). Voici comment comprendre ce que les personnes présentes dans votre rêve symbolisent.

Tout le monde est vous

Les rêves naissent des tréfonds de notre inconscient, ils sont faits par nous, à propos de nous et pour nous. En les interprétant, on peut donc supposer que chaque personne présente dans notre rêve est en réalité une extension de nous-mêmes. Chaque personne, qu'il s'agisse de votre meilleur ami ou de la barista à qui vous commandez votre café tous les jours, représente un aspect de vous-même quand elle surgit dans votre monde onirique. Le processus d'interprétation repose en partie sur votre capacité à comprendre quels aspects de vous-même ces personnes représentent et pourquoi votre inconscient attire votre attention dessus.

Tout le monde est aussi... lui-même

Cela étant dit, chaque personne présente dans votre rêve est également elle-même. Imaginons que vous faites de la randonnée avec votre meilleure amie et que, lorsque vous glissez, elle vous rattrape par le bras. Votre amie est une représentation de vous-même – peut-être est-elle une personne qui réfléchit et agit vite, un trait de caractère qui vous aidera à résoudre un problème que vous rencontrez dans votre vie actuelle. Cependant, votre meilleure amie est aussi elle-même, et cette image est une manifestation de votre amitié – peut-être vous sentez-vous soutenu par elle et savez-vous qu'elle sera toujours là pour vous rattraper si vous tombez.

Les archétypes

Parfois, une personne inconnue semble avoir une grande importance. Jung a émis l'idée qu'il existe des personnages universels résidant dans l'inconscient collectif, des archétypes qui représentent une idée à grande échelle à laquelle l'humanité entière peut s'identifier. Si un archétype apparaît dans votre rêve, il semblera être plutôt un symbole qu'un personnage avec lequel vous interagissez. Son identité sera claire et inchangeable, son apparence sera davantage liée à un changement dans votre vie en général ou à une évolution dans votre paysage intérieur.

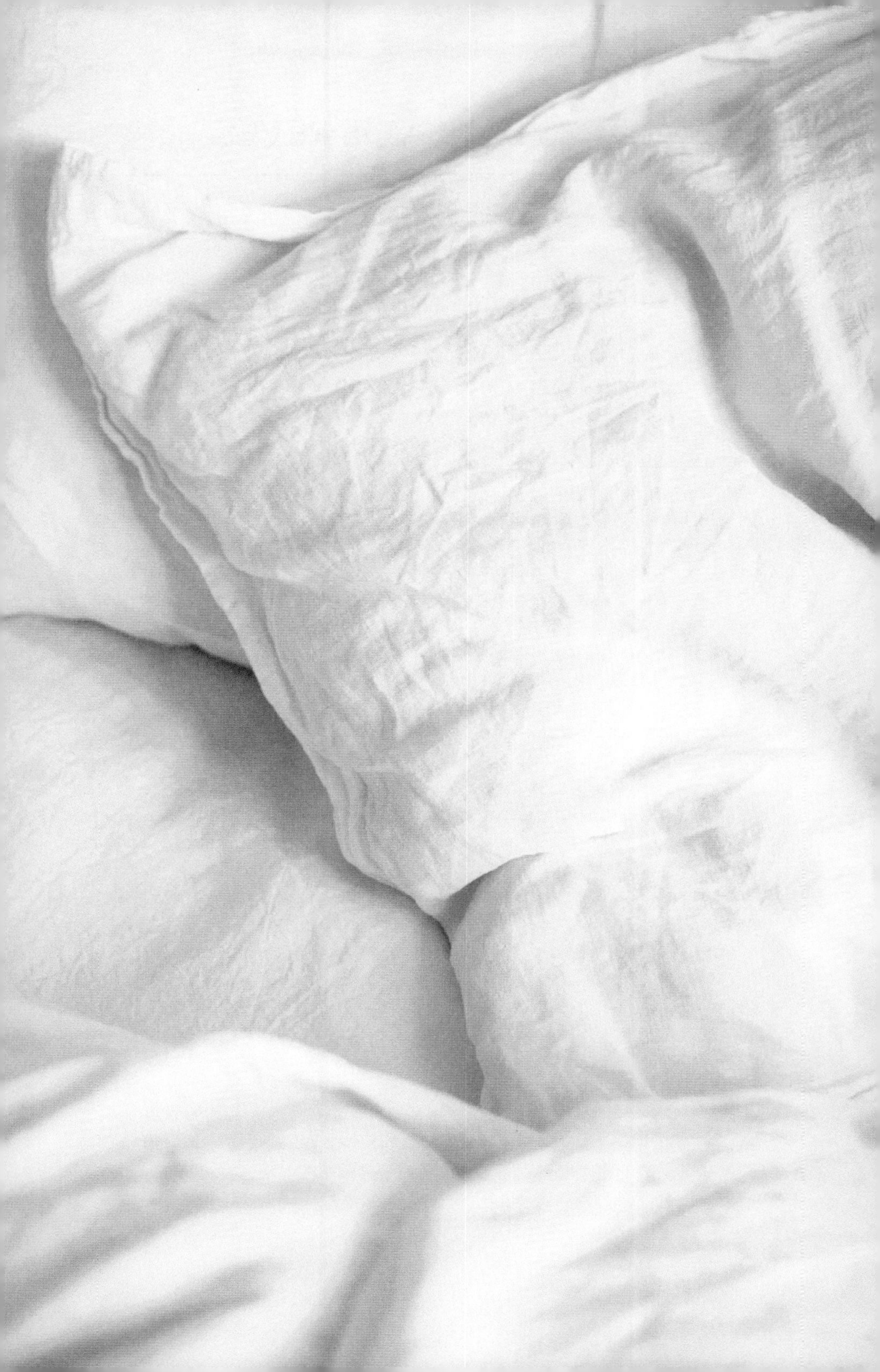

INTERPRÉTER SES RÊVES PAS À PAS

La masse d'informations à assimiler et les images diverses auxquelles on doit prêter attention peuvent paraître impressionnantes quand on commence à travailler sur le rêve. Voici une vue d'ensemble simple du processus, afin que vous puissiez le suivre vous-même lentement, pas à pas.

1) Créez une atmosphère propice au sommeil
Dormir plus longtemps implique davantage de cycles de sommeil et plus d'opportunités de sommeil paradoxal, et donc de rêves. Revenez au premier chapitre pour revoir les pratiques qui favorisent une nuit de repos.

2) Préparez-vous à rêver et à vous souvenir de vos rêves
Donnez-vous l'opportunité de passer une nuit peuplée de rêves non seulement merveilleux, mais aussi dont vous vous souviendrez. Songez aux suggestions du deuxième chapitre qui vous ont plu et incorporez-les dans votre routine du soir Pourquoi ne pas également essayer l'un des rituels pour rêver donnés au chapitre trois ? Reconnaissez consciemment votre désir de vous souvenir de vos rêves avant de vous coucher et tenez à votre portée les éléments qui vont vous permettre de les enregistrer.

3) Consignez vos rêves
Tandis que vous vous réveillez complètement, n'hésitez pas à rester allongé dans votre lit et à commencer à passer en revue les rêves dont vous vous souvenez. Une fois que vous êtes prêt, enregistrez vos rêves en renseignant tous les détails que votre cerveau qui s'éveille peut se remémorer. Si vous vous sentez débordé par la quantité d'informations qui affluent, pensez à organiser vos pensées grâce à la méthode de questionnement suggérée en page 57.

4) Réfléchissez au sens de vos rêves
Avant de vous lancer dans l'analyse de vos rêves en cherchant la signification de symboles ou de thèmes en particulier, sondez votre intuition et prenez quelques notes qui décrivent ce que vous pensez de manière instinctive sur leur sens. Consigner ce qu'en dit votre instinct est une façon percutante de commencer votre interprétation. Vous pourriez découvrir ensuite que bon nombre de vos idées sont en phase avec les différentes interprétations symboliques.

5) Notez les symboles et cherchez leur signification
Maintenant, il est temps de commencer à mettre en lumière les différents symboles présents dans votre rêve et de prendre des notes sur leur possible signification. Dans quel environnement vous trouviez-vous ? Comment vous sentiez-vous ?

Votre rêve avait-il un thème particulier ? Qui étaient les autres personnes présentes dans votre rêve ? Y avait-il des animaux ? Avez-vous remarqué des couleurs ou des chiffres importants ? Certains objets ou éléments se détachaient-ils du lot ? Servez-vous du dictionnaire du rêve contenu dans ce livre ou d'autres ouvrages similaires que vous possédez pour commencer à reconstruire petit à petit l'histoire et le sens de tous ces différents éléments.

6) Assemblez le tout

C'est là que tous les morceaux du puzzle se mettent en place. Commencez par adopter une vue d'ensemble, en notant si le symbolisme général tiré d'un élément de l'inconscient collectif vous parle. Il se peut que ce soit le cas ou pas, ce n'est absolument pas un problème. Assurez-vous de bien noter quand c'est le cas et pourquoi, puis commencez à examiner les symboles de votre rêve à travers une lorgnette plus personnelle, affinant le symbolisme pour qu'il reflète vos propres croyances, associations, culture, mais aussi vos goûts. C'est à cette occasion que vous pouvez vous appuyer sur votre intuition et la suivre où elle vous mène. Si vous avez le sentiment d'être sur la bonne voie, c'est que vous l'êtes probablement. Ensuite, passez en revue les autres personnes qui sont apparues dans votre rêve. Si certaines vous ont semblé être de grandes figures, des archétypes, notez-le. Si non, examinez les personnages de votre rêve de deux manières : tout d'abord, souvenez-vous que tous sont une extension de vous-même. Quel aspect de votre personnalité semblent-ils représenter ? Si vous avez des difficultés à voir ce qu'ils pourraient symboliser à votre sujet, essayez de trouver la qualité qu'ils incarnent. Imaginez que vous les décriviez à un inconnu à l'aide de cinq mots maximum. Écrivez ce qui vous vient à l'esprit – laissez votre subconscient faire la description.

7) Ne vous arrêtez pas là

Plus vous allez interpréter de rêves, plus vous vous souviendrez de vos rêves et plus il vous sera facile de faire le tri parmi les différents types de songes que vous faites et les symboles qui apparaissent. Vous commencerez à voir les divers schémas symboliques, noterez les rêves récurrents et leurs éléments déclencheurs, et aurez une vision plus claire de ce qui se passe pendant vos heures d'éveil. Les rêves étant souvent une réponse à ce que nous traversons, regardez ce qui se passe dans votre vie et comment ces interprétations peuvent s'y imbriquer. Discernez ce qui est davantage une transcription littérale de votre propre expérience. Si vous aimez nager, rêver que vous êtes dans une piscine pourrait n'être que cela, et non la représentation d'un cheminement émotionnel que vous semblez répéter.

CHANGER GRÂCE À SES RÊVES

Si interpréter les rêves peut être amusant dans les soirées, l'effort d'une pratique quotidienne va satisfaire bien plus que la simple curiosité, en ouvrant la voie à une réflexion intérieure profonde, à l'apaisement et au changement véritable.

Apprenez à vous connaître
Les rêves peuvent nous apprendre tant de choses sur nous-mêmes : nos peurs nos préjugés, nos habitudes, nos désirs. En consacrant du temps à l'étude de leurs messages, vous allez partir à la découverte de votre personnalité, de ce que cela signifie d'être vous, et le plus merveilleux, c'est que cela change en permanence.

De l'ombre à la lumière
Tout le monde possède une part d'ombre, cette partie de soi qui abrite la honte, le traumatisme, la culpabilité, le rejet et toutes les choses que nous pensons indignes d'être aimées. Souvent, elle est bouclée à double tour au plus profond de notre inconscient, là où elle peut encore influencer les comportements et les pensées, et nous nous retrouvons enfermés dans des schémas nocifs qui ne nous seront jamais d'aucune aide. En ligne directe avec notre inconscient, le travail sur le rêve peut déverrouiller ces éléments et nous aider à mieux nous connaître.

Développez votre intuition
Votre petite voix intérieure a toujours été présente. Entrer en relation avec vos rêves et travailler à mieux les comprendre sont une façon de l'amplifier. Souvent, notre conscience passe outre à notre intuition, laissant l'opinion des autres troubler nos pensées ou rejeter ce que nous souffle notre instinct. Réfléchir à ces visions de l'inconscient et leur prêter attention nous mettent en contact direct avec notre intuition.

Canalisez votre guide intérieur
Plonger au cœur des rêves nous permet aussi d'être plus à l'écoute de notre guide intérieur inné. Souvent, nous connaissons la réponse que nous cherchons pour savoir quel chemin se forger ou quelle décision prendre, mais nous sommes incapables de nous faire confiance quant à la direction à suivre pour aller de l'avant. Nous sommes également plus réceptifs à notre guide extérieur – les rêves sont l'une des façons les plus simples pour recevoir les messages de l'au-delà.

Invitez l'abondance
L'esprit est notre outil le plus puissant, et travailler sur nos rêves est une autre manière de créer un flux énergétique d'abondance et de connexion, surtout lorsqu'une intention est formulée.

LE RÊVE INTENTIONNEL

Même si notre inconscient semble seul maître en matière de rêves, au fur et à mesure que vous approfondirez votre pratique, vous souvenir de vos rêves et les interpréter, vous pourriez découvrir que votre esprit conscient est aussi capable d'inspirer celui qui génère les rêves et de collaborer avec lui.

Qu'est-ce que le rêve intentionnel ?
Vous avez probablement fait l'expérience, à un moment donné, d'un rêve qui vous a aidé à résoudre un problème ou apporté un éclairage sur une question précise. Vous l'avez accueilli avec bonheur, mais avec peut-être eu le sentiment qu'il s'agissait d'un événement fortuit ou totalement inattendu. Le rêve sollicité, ou encore l'incubation des rêves, est une pratique qui consiste à demander des rêves pour être guidé en formulant une intention sur un sujet que nous souhaiterions mieux comprendre ou un état d'esprit que nous aimerions encourager, et à croire que notre inconscient nous répondra. En d'autres termes, il s'agit de planter une graine dans la psyché et de la regarder pousser et s'épanouir dans nos rêves.

Est-ce que ça marche vraiment ?
Le rêve intentionnel peut apparaître comme une forme de vœu pieu. Pour ceux qui n'ont jamais posé un pied dans l'univers du travail sur le rêve, l'idée que nous soyons capables d'influer sur ces visions nocturnes terriblement bizarres et souvent déroutantes est probablement aussi fantasmatique que bien des rêves. Toutefois, une fois que vous aurez noué une relation avec la partie de votre esprit qui génère les rêves et appris à mieux connaître ses schémas de fonctionnement et ses éléments déclencheurs, vous vous rendrez compte que cette idée n'est pas si farfelue. Au cours d'une étude menée sur une semaine par Deirdre Barrett, chercheuse à l'université Harvard, on a demandé à un groupe d'étudiants d'incuber des rêves traitant d'un problème personnel, dont la solution était identifiable. La moitié des étudiants a rapporté avoir fait des rêves en rapport avec le problème qu'ils avaient sélectionné et un quart a fait des rêves qui résolvaient le problème. On peut probablement affirmer sans se tromper que plus on s'adonne à cette pratique, plus elle gagne en efficacité.

Quel genre d'intentions peut-on formuler ?
Les rêves peuvent apporter un éclairage sur toutes sortes de dilemmes, des problèmes relationnels aux questions sur son travail en passant par la manière de réarranger les meubles de son salon pour y accueillir un nouveau canapé. D'après les recherches menées par le docteur Barrett, il existe deux types de problèmes qui bénéficient le plus du rêve intentionnel : 1) ceux dont la solution est visuelle, et 2) ceux dont la solution se trouve hors des sentiers battus.

COMMENT PROCÉDER

Quand vous aurez découvert le pouvoir de l'esprit inconscient en vous souvenant régulièrement de vos rêves et en les interprétant de manière fréquente, puiser dans ce riche patchwork d'informations et d'innovation grâce aux intentions vous apparaîtra logiquement comme l'étape suivante.

1) Faites confiance au processus. Une fois que vous êtes au lit, acceptez le pouvoir du rêve et la capacité de l'inconscient à débloquer les solutions que votre esprit, à l'état d'éveil, était totalement incapable de trouver.

2) Calmez-vous. Pour décompresser rapidement, essayez de respirer lentement et profondément, en inspirant par le nez et en expirant par la bouche trois fois.

3) Réfléchissez au problème que vous souhaitez résoudre. Le rêve intentionnel fonctionnera mieux lorsque vous vous serez concentré sur un problème que votre esprit aura déjà examiné à l'état d'éveil. Votre inconscient sera prêt à reprendre le travail commencé par votre esprit conscient. Cela dit, il peut s'agir de n'importe quelle question : vous demander si vous devriez accepter un nouveau poste, être en train d'écrire un roman et buter sur un point de l'intrigue, être en conflit avec un ami et vous interroger sur la meilleure façon de vous réconcilier. Tous ces éléments constituent des intentions viables, assurez-vous seulement de vraiment souhaiter résoudre le problème.

4) Réfléchissez à la question que vous souhaitez voir résolue. Gardez-la à l'esprit une fois allongé dans votre lit. Vous pouvez l'écrire dans votre journal et laisser celui-ci ouvert sur votre table de nuit. Si le souci se prête aux images, vous pouvez également renforcer votre intention avec une aide visuelle – si vous essayez de trouver une issue à un problème relationnel, placez une photo de la personne en question près de votre lit.

5) Donnez-vous un objectif. Alors que vous commencez à sombrer dans le sommeil, dites-vous que vous voulez rêver du problème que vous avez choisi. Soyez direct. Demandez que votre rêve vous apporte un éclairage dont vous pourrez vous souvenir et que vous pourrez comprendre.

6) Dormez, partie la plus importante ! Au réveil, suivez les étapes décrites page 56 pour consigner vos rêves. Prenez le temps de l'écrire et gardez l'esprit ouvert tandis que vous explorez les interprétations possibles.

DICTIONNAIRE DU RÊVE

« LES RÊVES SONT LA VOIE ROYALE VERS L'INCONSCIENT. » – *Sigmund Freud*

Maintenant que vous en savez un peu plus sur le sommeil, le rêve, la façon d'appréhender et de déchiffrer la signification de vos rêves, il est temps de se plonger dans l'univers même des symboles et des images.

L'ORGANISATION

Plutôt que de suivre un format purement alphabétique, les entrées du dictionnaire ci-dessous sont organisées par genres ou par thèmes. Ainsi, les animaux, la nature, les types d'environnement, les sentiments et sensations ont chacun leur propre section. Voir un ensemble de symboles différents mais similaires vous permettra de mieux comprendre la symbolique du rêve, d'en déduire le sens grâce aux informations contenues dans ces rubriques et de l'appliquer à votre propre interprétation. Les couleurs et les chiffres font également l'objet d'une section, tout comme les personnes et les différents traits de caractère qu'elles représentent. Les symboles qui n'entrent pas dans un thème se trouvent dans une partie où ils sont abordés individuellement. Vous trouverez à la fin des exemples d'interprétations de rêves.

COMMENT UTILISER CE CHAPITRE

Rappelez-vous que la première règle en matière d'interprétation est qu'il s'agit d'une démarche personnelle. Comme les symboles sont hautement sujets à interprétation, beaucoup de définitions revêtent plusieurs significations, vous permettant de trouver la plus adaptée à votre expérience. Si aucune ne convient, faites confiance à votre instinct et suivez votre propre interprétation.

COULEURS

Les couleurs peuvent jouer un rôle dans la signification de nos rêves. Si une couleur vous a paru se démarquer, notez-le. Il s'agissait peut-être de la couleur de la pièce dans laquelle vous vous trouviez ou de celle de la tenue que quelqu'un portait. Si elle était particulièrement mémorable, le symbolisme qui se cache derrière vaut la peine que vous l'exploriez.

SYMBOLISME GÉNÉRAL

Les couleurs peuvent être incroyablement évocatrices et suscitent souvent des réactions viscérales. Bien que les nuances de certaines couleurs puissent avoir différentes significations selon les cultures, leur sens général est universel. Le spectre, bien qu'infini en termes de nuances, possède seulement sept couleurs visiblement distinctes – ce sont celles que nous avons incluses ici. Ces sept couleurs correspondent également aux sept centres d'énergie principaux dans notre système de chakras, et une grande partie de leur signification est tirée de cette idéologie. Le blanc et le noir font également partie de la liste, car, à l'origine, c'est la lumière blanche qui crée la couleur, tandis que le noir représente l'absorption de toutes les couleurs.

INTERPRÉTATION PERSONNELLE

Si les couleurs ont une portée plutôt universelle, elles revêtent aussi des significations très personnelles. Celles de votre équipe sportive préférée, de votre école ou de votre chambre d'enfant ont peut-être un sens très particulier à vos yeux. Ces associations ne vont pas effacer le sens plus général de la couleur, mais avoir conscience de leur existence peut certainement venir enrichir l'interprétation de votre rêve et rendre celle-ci plus détaillée.

ROUGE
PASSION & COLÈRE
ASSOCIÉ À L'AVERTISSEMENT ET AU SANG

ORANGE
SEXUALITÉ, PASSION & CRÉATIVITÉ
ASSOCIÉ À LA FERTILITÉ, À LA BONNE SANTÉ ET À L'AVENTURE

JAUNE
ESTIME DE SOI & FORCE INTÉRIEURE
ASSOCIÉ À L'ÉMOTION

BLEU
COMMUNICATION
ASSOCIÉ À L'INTÉGRITÉ ET AU CALME

VERT
AMOUR, EMPATHIE, ENVIE & JALOUSIE
ASSOCIÉ À LA COMPASSION ET AU PARDON

VIOLET
SPIRITUALITÉ **ASSOCIÉ AU BIEN-ÊTRE**

INDIGO
SAGESSE & CONSCIENCE SUPÉRIEURE
ASSOCIÉ À LA CONFIANCE ET À UN DEGRÉ DE CONSCIENCE SUPÉRIEUR

NOIR
MYSTÈRE, OMBRE & SOPHISTICATION
ASSOCIÉ À LA MORT

BLANC
PURETÉ & INNOCENCE
ASSOCIÉ À LA PAIX ET À LA PERFECTION

Rouge : cette couleur correspond au chakra racine et représente l'ancrage. Elle peut aussi renvoyer à la passion, la colère ou d'autres émotions enflammées. Le rouge peut également être une couleur d'avertissement et, côté positif, de sécurité. C'est aussi la couleur du sang, qui donne vie au corps, insufflant par là une certaine vitalité à la teinte.

Orange : associée au chakra sacré, cette couleur correspond à la sexualité, au plaisir et à la créativité. Elle évoque la joie et peut aussi être liée à la fertilité et à la procréation, ainsi qu'à la bonne santé, à l'aventure et à l'enthousiasme.

Jaune : forte couleur d'identité, elle est associée au chakra du plexus solaire. Le jaune est lié à l'estime de soi, à la valeur que l'on s'accorde et à la force intérieure. C'est aussi une couleur de force motrice et de motivation. Porteuse de la chaleur eu du bien-être solaire, elle renvoie souvent aux émotions.

Vert : en lien avec notre cœur, c'est la couleur de l'amour, de l'empathie et de la compassion – l'amour pour nous et les autres. Mais en cas de problèmes de cœur, elle peut devenir celle de l'envie et de la jalousie. Elle peut aussi représenter le pardon et l'apaisement, tout comme ce que la nature offre de meilleur – un épanouissement luxuriant et abondant. Le vert est un pont qui relie les attributs physiques associés au rouge, à l'orange et au jaune au sens plus intellectuel que donnent le bleu, l'indigo et le violet.

Bleu : couleur de la communication associée à notre chakra de la gorge, le bleu renvoie à l'expression authentique de soi au fait que l'on trouve sa voix et qu'on la fasse entendre. Elle peut aussi représenter le fait de se sentir entendu. C'est une couleur d'intégrité, de sens moral, mais aussi de calme et de sérénité.

Indigo : ce bleu, est lié à notre troisième œil, le centre de notre intuition, est la couleur de la sérénité intérieure mais aussi de la sagesse d'une conscience supérieure. Il représente la confiance, l'harmonie profonde et une grande sagacité.

Violet : voici la couleur de la conscience supérieure, celle du chakra couronne. Elle vibre de spiritualité et renvoie à la connexion entre le monde physique et le royaume énergétique qui règne au-delà. Elle représente notre bien-être dans son ensemble. Le violet est aussi la couleur de la royauté.

Noir : couleur d'ombre et de mystère, de style et de sophistication, le noir est aussi associé à la mort et au deuil. Il renvoie aux secrets, au côté sombre et aux choses cachées, ainsi qu'à l'inconscient.

Blanc : symbole de pureté et d'innocence, le blanc peut aussi être lié à la transcendance, forme ultime de spiritualité. Couleur de paix et de perfection, elle représente également un nouveau départ, une table rase.

CHIFFRES

Les chiffres sont un autre aspect important du symbolisme auquel on ne pense pas forcément, mais, une fois que vous connaîtrez leur sens caché, les inclure dans votre interprétation pourra s'avérer très intéressant.

SYMBOLISME GÉNÉRAL

Les chiffres sont le fondement de tout et font l'objet d'études et de culte depuis le début de l'humanité. La géométrie sacrée suggère que les séquences mathématiques sont une véritable ébauche de l'existence, le cadre de toute chose dans la nature. Observer les chiffres, reconnaître leurs schémas et leur conférer un sens sont la base de la numérologie, à qui nous faisons ici appel pour donner une signification aux nombres qui vont suivre. Gardez à l'esprit que vous ne verrez pas nécessairement un nombre écrit (même si cela est possible ! Soyez attentif aux numéros d'étage, aux adresses, aux horloges et bien plus encore), mais un chiffre pourrait avoir son importance. Imaginons que, dans votre rêve, vous soyez en train de vous habiller et que vous choisissiez entre trois tenues, ou que vous soyez pris au piège dans une pièce qui a six portes verrouillées : explorer la symbolique de ces chiffres peut vous permettre de mieux comprendre les messages délivrés par votre inconscient.

INTERPRÉTATION PERSONNELLE

Si les chiffres ont une signification universelle, ils peuvent aussi avoir un sens personnel. Il se peut que vous ayez un chiffre favori ou que vous soyez attaché à une date ou un numéro de maillot sportif particuliers. Toutes ces connexions spéciales peuvent venir enrichir votre interprétation comme vous l'entendez.

UN

NOUVEAUX DÉPARTS & INDÉPENDANCE
PEUT REPRÉSENTER LE MOI

DEUX

PARTENARIAT
PEUT REPRÉSENTER LES OPPOSÉS

TROIS

CRÉATIVITÉ
PEUT REPRÉSENTER LE DÉVELOPPEMENT

QUATRE

STABILITÉ **PEUT REPRÉSENTER LES RÈGLES ET LES RÉGULATIONS**

CINQ

CHANGEMENT, EXPLORATION & AVENTURE **PEUT REPRÉSENTER LA LIBERTÉ ET L'EXPRESSION DE SOI**

SIX

PAIX & HARMONIE **PEUT REPRÉSENTER LE PARTENARIAT SOUS TOUTES SES FORMES**

SEPT

SPIRITUALITÉ & CONSCIENCE SUPÉRIEURE
PEUT REPRÉSENTER LA SAGESSE SUPÉRIEURE ET LA DÉCOUVERTE

HUIT

INFINI **PEUT REPRÉSENTER SUCCÈS, RICHESSE ET L'ACCOMPLISSEMENT**

NEUF

ÉPANOUISSEMENT ET DÉNOUEMENTS
PEUT REPRÉSENTER LA RENAISSANCE

Un : selon le dicton, « un » est le chiffre le plus solitaire de tous et, en un sens, c'est vrai. Cependant, c'est aussi celui des nouveaux départs, du renouveau et du potentiel illimité. « Un » peut représenter le moi et les différentes versions de la solitude : l'indépendance, l'individualité, la singularité. Il peut aussi renvoyer à la notion d'unité (pensez à « *one love* », par exemple) ou de leadership.

Deux : « deux » est associé au partenariat. Lorsque « un » est rejoint par « un », vous avez un équilibre parfait : 1 + 1 = 2. C'est le yin et le yang sous forme numérale. « Deux » est un chiffre qui peut également renvoyer aux opposés et à la dualité (pensez haut/bas, joyeux/triste, oui/non, etc.). Après « un », il génère l'énergie de la relativité.

Trois : né de « deux », ce nombre représente le développement et la créativité. Il revêt une signification sacrée dans de nombreuses cultures et religions (songez par exemple à la Trinité du christianisme : Dieu est le père le fils et le Saint-Esprit). « Trois » renvoie aussi au concept du temps – passé, présent et futur. D'un point de vue géométrique, trois points (et rien de moins) créent une forme.

Quatre : c'est le chiffre de la stabilité. Ajoutez un quatrième point à un triangle, et il devient un rectangle. « Quatre » soutient la créativité du « trois ». Il incarne la persévérance et la structure, les règles et les régulations. C'est un chiffre associé au dur labeur et à la fiabilité.

Cinq : de la stabilité naît le changement ; le chiffre cinq n'est qu'exploration et aventure. Ce nombre de flexibilité et d'action peut représenter la liberté et l'expression de soi, mais aussi l'irresponsabilité et le caractère compulsif.

Six : ce chiffre de paix, d'harmonie, d'équilibre et de coopération ramène un peu de stabilité. On peut aussi le considérer comme l'association de deux « trois ». Il peut enfin représenter le partenariat sous toutes ses formes, symbolisant l'union et la collaboration créatrice.

Sep : maintenant que les besoins en partenariat et en vie communautaire sur Terre ont été satisfaits par son prédécesseur, « sept » se sert de la création des partenariats établis par « six » comme d'un tremplin vers la spiritualité et une conscience supérieure. C'est le nombre de la sagesse supérieure et de la contemplation divine, mais aussi de la découverte – il est d'ailleurs chargé de signification (pensez aux sept jours de la semaine, aux Sept Merveilles du monde, aux sept couleurs du spectre et aux sept péchés capitaux).

Huit : chiffre de l'infini, de l'abondance à laquelle on accède une fois que ses besoins en matière de spiritualité sont pleinement satisfaits, « huit » incarne le succès et la prospérité, la prise de conscience que la vie est pleine de richesse dans tous les domaines. Il représente l'accomplissement et la reconnaissance.

Neuf : lié à l'épanouissement et aux dénouements, « neuf » est le dernier avant un nouveau départ, une renaissance. Il renvoie aux pages qui se tournent et aux conclusions. Il est aussi celui qui représente les nombres de « un » à « huit » qui le précèdent, terminant un cycle pour faire place au suivant.

ANIMAUX ET INSECTES

Pour la plupart d'entre nous, les animaux jouent un rôle important au quotidien, comme compagnons ou comme créatures que nous rencontrons tandis que nous vaquons à nos occupations, tel le lapin qui bondit à côté de nous au parc ou les oiseaux qui pépient dans l'arbre devant notre fenêtre de cuisine. Ce qui est merveilleux avec les rêves, c'est que nous pouvons y côtoyer des animaux que nous ne pourrions jamais voir dans la vie, et la signification est tout aussi profonde, si ce n'est davantage.

SYMBOLISME GÉNÉRAL

Les animaux revêtent une signification importante dans nos vies à l'état d'éveil et ce symbolisme transparaît également dans nos rêves. Ils sont souvent liés à l'instinct, nous rappelant notre véritable nature animale et nous connectant à l'intuition, que notre esprit peut parfois ignorer.

INTERPRÉTATION PERSONNELLE

Beaucoup d'animaux ont une symbolique universelle, mais ils suscitent aussi souvent une réaction très personnelle de notre part. Faites bien attention à prendre cet élément en compte lorsque vous souhaiterez interpréter le rôle qu'ils ont joué dans votre rêve. Si vous aimez un animal - vous êtes l'ami des chats, par exemple – sa présence aura pour vous une autre signification que pour une personne qui y est allergique ou ne les aime pas. Comme pour tous les symboles présents dans les rêves, votre relation à ce qu'ils représentent est importante. L'affinité ou l'aversion que l'on éprouve envers les animaux sont souvent plutôt intenses et extrêmement personnelles, ce qui influence beaucoup notre lecture de leur rôle dans nos rêves.

AMOUR

CHIEN

ASSOCIÉ À L'AFFECTION

INTELLIGENCE

RENARD

ASSOCIÉ À LA VIGILANCE ET À LA VIVACITÉ D'ESPRIT

BONHEUR

SINGE, COCHON, DAUPHIN

ASSOCIÉS AU SENTIMENT D'INSOUCIANCE

TRANSFORMATION

SERPENT, CHENILLE

ASSOCIÉS AUX PÉRIODES DE TRANSITION

FORCE

CHEVAL, LION

ASSOCIÉS À LA FORCE INTÉRIEURE ET AU COURAGE

ABONDANCE

LAPIN, POISSON

ASSOCIÉS À LA POSITIVITÉ ET À LA PROSPÉRITÉ

ARDEUR AU TRAVAIL

ARAIGNÉE, RAT

ASSOCIÉS AU DUR LABEUR

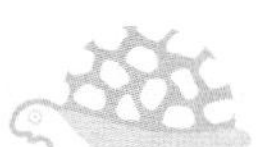

SAGESSE

TORTUE, DAUPHIN

ASSOCIÉS À L'INTELLIGENCE

COMMUNAUTÉ

ÉLÉPHANT, LOUP, ABEILLE

ASSOCIÉS AU SENTIMENT D'ÊTRE SOUTENU

Cheval : symbolise la puissance et la force. Lorsqu'un cheval vous rend visite dans votre rêve, cela pourrait signifier que vous devez puiser de la force dans vos propres réserves. Un cheval sellé pourrait montrer que certains aspects de votre comportement doivent être maîtrisés ou alors que vous avez le sentiment d'avoir perdu de votre liberté – que vous avez été dompté par quelque chose ou quelqu'un.

Lapin : on le considère comme un symbole de chance et d'abondance. Peut-être avez-vous l'impression que les choses tournent en votre faveur, que vous avez tout ce dont vous avez besoin et même plus. En cas de sentiment de manque, il pourrait être là pour vous rappeler d'apprécier tout ce que vous possédez. Aussi symbole de fertilité, pour les femmes, ce sujet les préoccupe.

Chien : incarnation de l'amour inconditionnel et de la loyauté, les chiens sont souvent affectueux, exubérants et dévoués. Ils portent aussi une forte énergie masculine. Rêver d'un chien pourrait suggérer que vous avez besoin de ces qualités dans votre vie ou que quelqu'un ou quelque chose vous offre l'opportunité d'établir une telle connexion. Un chien en colère ou protecteur pourrait signifier que vous craignez un tel niveau d'engagement ou que vous êtes loyal à outrance.

Oiseaux : ils sont considérés comme des messagers. Quel message votre esprit vous envoie-t-il ? Ils peuvent aussi renvoyer à une vision large des choses, comme celle qu'ils ont lorsqu'ils planent dans le ciel. Sans doute devriez-vous prendre du recul vis-à-vis d'un problème pour adopter une perspective plus large et y voir plus clair. Notez également quelle sorte d'oiseau est venue vous rendre visite, s'il était mignon et charmant ou bien gros et de mauvais augure ; s'il était en cage ou en liberté ; ce qu'il a suscité comme émotion dans votre rêve.

Chat : si les chiens incarnent l'énergie masculine, les chats représentent l'énergie féminine – autonomie, intuition, créativité, sensualité, vigilance. Réfléchissez au type de chat qui est venu vous visiter : son tempérament, sa taille, sa couleur, mais aussi son comportement. Bien que les chats noirs aient mauvaise réputation, pour beaucoup de cultures ils sont de bon augure. Si le chat était noir, interrogez-vous sur la façon dont vous le percevez de manière symbolique. S'il s'est montré amical, ce pourrait signifier que vous devriez accueillir votre côté féminin. Sinon, vous pourriez bien avoir certains conflits intérieurs concernant l'équilibre de vos parts masculine et féminine.

Poissons : ils sont souvent symboles de chance et de prospérité. Comme l'eau peut représenter la créativité, les émotions, mais aussi l'inconscient, rêver de poissons peut vouloir dire que des idées ou des expériences affleurent à la surface, attendant que vous les remarquiez. Si les poissons se trouvent dans des fonds sombres ou s'il s'agit de spécimens aux couleurs vives nageant dans les eaux claires d'un aquarium, cela peut signifier que ces émotions inconscientes sont plus profondes et plus sombres, ou qu'elles sont positives, inspirantes et se trouvent à portée de main.

Alligator/Crocodile : bien qu'il s'agisse d'animaux différents, les alligators et les crocodiles ont la même symbolique dans les rêves, on les considère souvent comme des menaces sournoises. Ils se cachent dans l'eau, surgissant pour dévorer leur proie, avant de retourner au fond des marécages. Si l'eau représente vos émotions et votre inconscient, l'alligator pourrait symboliser vos propres pensées négatives qui jaillissent des profondeurs pour engloutir un peu de votre assurance. Il pourrait également signifier qu'une personne dans votre vie exerce un effet nocif sur vous avec ses paroles négatives ou ses actions malhonnêtes. Si vous ne vous sentez pas menacé par l'alligator, vous pourriez le prendre comme un signe positif : c'est vous qui avez le pouvoir, qui contrôlez vos émotions et êtes à l'aise avec vos sentiments profonds.

Serpent : recevoir la visite d'un serpent dans un rêve peut être positif ou négatif car tout dépend de votre relation à cet animal et de la façon dont vous avez réagi à sa présence dans votre rêve. Un serpent peut signifier que vous subissez une sorte de transformation, que vous muez avant de passer au prochain chapitre de votre vie. Il peut aussi être une référence à la sexualité et au désir, dont l'énergie peut être excitante ou interdite. Un serpent peut également représenter le pouvoir et la duplicité, les vôtres ou ceux des autres.

Rats : ils sont considérés souvent comme des indésirables à exterminer. D'un point de vue historique, ils sont liés à la peste bubonique, crise sanitaire européenne majeure. Ce sont aussi des créatures souterraines, une présence furtive tapie dans l'ombre. Abritez-vous des sentiments dont vous ne seriez pas fier et qui subsistent juste en dessous de la surface ? D'un point de vue positif, les rats peuvent aussi représenter la résilience et l'ardeur au travail. Réfléchissez au comportement qu'avaient les rats dans votre rêve et à ce que vous avez ressenti en leur présence.

Lion : au sommet de la chaîne alimentaire, c'est un emblème de pouvoir, de grandeur et de force. Rêver d'un lion pourrait être un rappel de votre propre force intérieure et du pouvoir que vous détenez pour régner sur votre propre existence. Ce pourrait également symboliser le courage nécessaire pour entreprendre quelque chose qui vous paraît hors de portée.

Cochon : comme la plupart des symboles, il peut avoir deux connotations très différentes. Nous l'associons souvent aux excès inconsidérés, d'où l'expression « se goinfrer comme un porc ». Peut-être vous êtes-vous montré un peu trop excessif – en termes de nourriture, de sexe ou d'alcool et de drogues – sans maintenir un équilibre raisonnable ? D'un autre côté, les cochons sont des êtres incroyablement intelligents et vraisemblablement joyeux : ce pourrait être un signe que vous êtes très satisfait de vous-même et de votre vie.

Renard : le renard est souvent considéré comme intelligent et rusé, capable de duper les autres pour servir ses propres intérêts. Lorsqu'un renard vous rend visite dans vos rêves, cela veut sans doute dire que vous pouvez utiliser votre esprit vif et vos talents de stratège. Si le renard représente quelqu'un d'autre, cependant, cela pourrait signifier qu'il faut vous montrer plus vigilant, afin de ne pas vous faire flouer par une personne mal intentionnée.

Tortue : patience, constance et sagesse sont autant de qualités associées à la tortue. La présence de cet animal dans vos rêves pourrait indiquer que vous prenez votre temps et que vous serez récompensé. Cela pourrait aussi être le signe que vous devez ralentir si vous allez trop vite sans prendre le temps de réfléchir. Les tortues représentent également la longévité – en lien avec un but, un engagement ou une idée que vous êtes en train de développer. La nature solitaire de la tortue pourrait vous parler, que vous vous sentiez seul et isolé, ou satisfait et protégé.

Éléphant : les éléphants sont des animaux très forts et sociables. Rêver d'eux signifie que vous possédez une grande force intérieure et que vous êtes entouré d'une communauté de personnes aimantes prêtes à vous soutenir. Il se peut que vous vous trouviez face à un obstacle qui nécessite une volonté surdimensionnée pour être surmonté. Symboliquement, les éléphants sont aussi liés à la mémoire – peut-être devez-vous vous souvenir de quelque chose sur vous-même ou sur la voie où vous devriez vous trouver. Ou peut-être devez-vous laisser quelque chose partir, un souvenir avec lequel vous devriez faire la paix afin de pouvoir passer à autre chose. Pensez à ce que l'éléphant vous a fait ressentir afin de déterminer la signification de sa présence.

Singe : les singes jouent, se taquinent et se balancent de branche en branche. Dans les rêves, ils peuvent représenter cet aspect joueur, c'est sans doute ainsi que vous vous voyez, ou alors vous avez besoin d'adopter cette attitude insouciante. Si votre réaction à la présence du singe vous semble plus négative, ce pourrait symboliser les pensées qui tourbillonnent sans cesse dans votre tête et vous paraissent incontrôlables. Votre rêve pourrait bien vous dire de mieux contrôler vos pensées et de faire le vide dans votre esprit, en changeant le scénario afin de reprendre la main.

Loup : les loups ont la réputation d'être des créatures fortes, rusées et magnifiques, habituées à vivre la nuit et à rester dans l'ombre. Ce sont aussi des animaux qui vivent en meute, plus forts ensemble qu'ils ne le sont en solitaire. Voir un loup dans vos rêves peut signifier que vous possédez désormais la force de vous connecter à votre part d'ombre et, telle la lune qui éclaire la nuit, de l'illuminer. Que le loup soit seul ou avec sa meute pourrait être révélateur de votre relation à votre famille ou à vos amis, ceux qui forment votre « meute ».

Abeille : les abeilles sont un symbole d'ultime harmonie, elles travaillent ensemble pour le bien commun. Chacune a un rôle à jouer et, ensemble, elles créent une communauté prospère. Si une abeille vous rend visite en rêve, il se pourrait que vous travailliez sur un projet avec un groupe de personnes qui vous inspirent, avec un objectif que vous savez être grand. Si l'abeille vous pique ou est morte, cela pourrait montrer que vous travaillez dur sans ressentir la satisfaction que procurent un but ou un progrès communs ; peut-être souhaitez-vous tenter l'expérience en solo.

Araignée : symbole fort de manifestation, les araignées travaillent de manière créative et industrieuse. En préparant le terrain grâce à la toile qu'elles ont tissée, elles attendent simplement que tout ce dont elles ont besoin leur arrive. Peut-être vous trouvez-vous à cette étape de la manifestation – vous avez fait le travail et jeté les bases, maintenant vous en attendez les fruits. Si en revanche vous avez peur des araignées, cela pourrait signifier tout autre chose que vous sentez pris dans une situation inconfortable ou que vous avez des doutes sur la façon dont vous vous présentez ou présentez une expérience – en élaborant un tissu de mensonges telle l'araignée tissant une toile...

Dauphin : animaux appréciés et réputés pour leur intelligence et leur nature joueuse, les dauphins sont aussi des êtres incroyablement sociables, vivant en communauté et se déplaçant ensemble. Créatures de la mer, royaume de la créativité et des émotions, elles peuvent représenter un certain développement personnel dans ces domaines. Peut-être apprenez-vous à mieux naviguer entre vos différentes émotions ou vous sentez-vous soutenu par votre réseau social. Cela pourrait aussi indiquer que vous avez besoin de prendre les choses moins au sérieux en évoluant sereinement parmi vos émotions, et en plongeant plus profondément dans votre conscience.

Chenille : rêver d'une chenille renvoie souvent à une transition, à un changement ou à une nouvelle phase de sa vie. Techniquement, les chenilles sont des larves qui vont devenir de magnifiques papillons – tout ce dont elles ont besoin est d'un peu de temps dans un cocon avant d'émerger, les ailes déployées, prêtes à s'envoler. Vous pourriez vous trouver dans une situation similaire : sans doute construisez-vous votre propre version d'un cocon et serez-vous bientôt prêt à déployer vos magnifiques ailes. Cela pourrait également montrer que vous vous empêchez d'avancer, coincé au stade de la chenille, alors qu'un merveilleux papillon se cache à l'intérieur, attendant d'être remarqué. Interrogez-vous sur le fait que vous êtes peut-être trop attaché à des choses qui ne vous apportent plus rien, simplement parce que vous avez peur des changements qui pourraient survenir.

NATURE

Pour ceux d'entre nous qui vivent en ville, la nature peut être un endroit où nous rêvons de nous échapper – pendant notre sommeil ou nos heures d'éveil ! Elle peut revêtir un fort symbolisme, notamment si c'est une expérience que nous ne pouvons faire qu'en de rares occasions.

SYMBOLISME GÉNÉRAL

En termes d'inconscient collectif, les éléments de la nature ont un symbolisme profondément ancré. Songez aux siècles de représentations qu'un orage possède par rapport à un gratte-ciel qui n'a existé qu'à partir de la fin du XIXe siècle. La nature, cependant, a été empreinte de signification à travers les âges et les cultures depuis le début de la race humaine.

PERSONAL INTERPRETATION

La nature peut également être incroyablement thérapeutique, représentant souvent la vie et le vivant. Considérez les rêves qui impliquent des éléments de la nature comme de grandes opportunités pour votre quête de sens et d'épanouissement personnel. Si vous aimez la nature, assurez-vous de bien le prendre en compte dans vos interprétations. Si vous adorez camper, rêver des bois aura un sens différent pour vous que pour une personne qui préfère s'asseoir dans son jardin. Observer vos rêves à travers cette lorgnette d'affinités personnelles vous aidera à mieux les comprendre et à en tirer un sens plus profond encore.

ABONDANCE

JARDIN

ASSOCIÉ À LA PROSPÉRITÉ ET À LA MANIFESTATION

ESPOIR

ARC-EN-CIEL

ASSOCIÉ À LA POSITIVITÉ ET À LA PROMESSE

SENTIMENTS

RIVIÈRE, NEIGE, PLUIE

ASSOCIÉES AUX ÉMOTIONS QUI COULENT À FLOTS, SONT GELÉES OU TEMPÉTUEUSES

CHALLENGES

MONTAGNES **ASSOCIÉES AUX OBSTACLES QUI DOIVENT ÊTRE FRANCHIS OU SURMONTÉS**

CHANGEMENT

VENT, TONNERRE/ÉCLAIRS

ASSOCIÉS À L'ÉNERGIE DYNAMIQUE

BROUILLARD

ASSOCIÉ AU BESOIN DE RALENTIR ET D'ÉVALUER LA SITUATION

DÉVELOPPEMENT

FORÊT

ASSOCIÉE À L'OPPORTUNITÉ ET À LA TRANSFORMATION

ÉMOTIONS

PLAGE

ASSOCIÉE À LA RENCONTRE DE NOTRE CONSCIENCE AVEC NOS ÉMOTIONS PROFONDES

Plage : l'océan et ses profondeurs peuvent représenter vos émotions, votre créativité, ainsi que votre inconscient. Le rivage, d'un autre côté, peut symboliser votre esprit qui pense. Rêver d'une plage représente la rencontre entre le conscient et l'inconscient, l'endroit où les deux se chevauchent et échangent des informations. Interrogez-vous sur l'endroit où vous vous trouviez : dans l'eau ou sur le sable ? Quelles étaient les conditions météorologiques : ensoleillées, dégagées et calmes, ou tempétueuses et déchaînées ? Comment vous sentiez-vous : détendu et tranquille, ou agité et mal à l'aise ? En quoi cela renvoie-t-il à votre vie émotionnelle actuelle ? Laissez votre esprit critique réfléchir à votre état émotionnel et voyez comment les deux peuvent s'informer et se soutenir mutuellement.

Jardin : un jardin symbolise l'abondance, mais il représente aussi la prospérité qui naît du temps passé à en prendre soin. Le jardin dans votre rêve était-il luxuriant et envahi par la végétation ? Si oui, il pourrait incarner les récompenses que vous récoltez enfin après une période de dur labeur. La végétation était-elle sèche, morte et laissée à l'abandon ? Alors quelque chose dans votre vie vous supplie d'en prendre soin. Le jardin débordait-il de fleurs épanouies ou d'une récolte abondante de légumes ? Cela pourrait indiquer que vous cherchez à remplir votre vie de beauté et de bonheur, ou que vous vous développez et devenez autonome, sur le plan personnel ou professionnel. Un jardin est aussi fortement lié à la spiritualité, demandez-vous si votre rêve se réfère à votre âme et à l'attention que vous accordez à votre pratique spirituelle.

Forêt : les arbres symbolisent souvent le développement. En rêver pourrait signifier que vous faites face à une opportunité de grande transformation. Pensez à l'expression « c'est l'arbre qui cache la forêt » : sans doute êtes-vous perdu dans les détails (l'arbre) et devez-vous prendre du recul pour pouvoir voir la forêt (votre but) dans son ensemble. Cela vous permettrait de vous épanouir, sur le plan personnel ou professionnel. La forêt, un endroit magique et mystérieux, renvoie à l'inconnu qui se trouve au plus profond de nous. En rêver pourrait vouloir dire que vous êtes prêt à explorer ces espaces calmes, tranquilles et immenses de votre être, trouvent cachés par « l'arbre » de votre esprit critique.

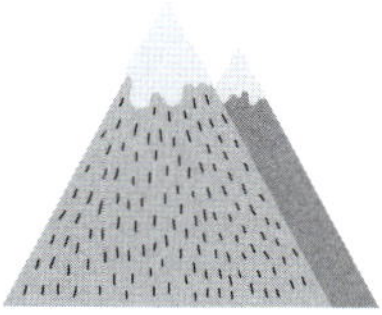

Montagnes : les montagnes représentent souvent les obstacles et les défis que vous rencontrez. Ce challenge peut être interne (doute de soi, pensées négatives) ou externe (une échéance qui arrive, un patron difficile, un blocage dans une relation). Cependant, votre position par rapport à la montagne a son importance. Étiez-vous au pied, à regarder la route escarpée et caillouteuse qui s'offre à vous ? Peut-être qu'un défi particulier vous semble presque insurmontable ou que vous commencez tout juste à comprendre comment le relever. Ou bien étiez-vous au sommet, profitant d'un panorama bien mérité après l'escalade ? Cela pourrait vouloir dire que vous avez dépassé les obstacles et qu'il est désormais temps de prendre un moment pour apprécier l'endroit où votre travail acharné vous a conduit.

Rivière : tout comme l'océan, la rivière représente votre état émotionnel, mais d'une manière bien plus dynamique. Si l'océan incarne votre inconscient, une rivière symbolise les émotions qui vous traversent. Comment décririez-vous votre rivière ? Coule-t-elle à flots, puissante et débordante ? Peut-être vous laissez-vous emporter par vos émotions alors que vous devriez plutôt garder la tête froide. Coule-t-elle doucement, comme dans une crique paisible ? Il se peut que vous vous sentiez stable émotionnellement, connecté à vos sentiments d'une manière qui vous semble positive. Un lit à sec et rocailleux pourrait indiquer un besoin de remplir votre puits émotionnel, afin que votre rivière de sentiments puisse de nouveau jaillir et s'écouler.

Neige : si elle tombe doucement, elle peut évoquer l'émerveillement. Peut-être embarquez-vous pour une nouvelle aventure et devez-vous l'aborder avec l'état d'esprit et la curiosité du débutant. Une neige tombée en abondance peut refléter des sentiments profondément enfouis qui ont besoin d'être exhumés. Une neige gelée pourrait représenter des sentiments stagnants ou inconscients dont on doit s'occuper. Une grosse tempête de neige pourrait signifier que vous vous sentez dépassé et paralysé. Un paysage paisible recouvert d'un manteau blanc pourrait montrer que vous êtes à la recherche d'un nouveau départ – quand la neige fondra, les premiers signes du printemps (une renaissance ou une transformation) seront visibles.

Pluie : il se peut que vous vous trouviez au beau milieu d'une tempête émotionnelle. Offriez-vous votre visage au déluge ou aviez-vous la sensation désagréable d'être trempé, et tentiez-vous d'y échapper ? Après la pluie vient le soleil. Ainsi, même si vous traversez une période difficile, sachez que vous travaillez à votre épanouissement et qu'un sentiment de chaleur et de lumière vous attend de l'autre côté de l'orage. La pluie peut être incroyablement purifiante et c'est la condition préalable au développement de toute chose.

Brouillard : dans la vie, comme dans les rêves, le brouillard entrave la visibilité sans doute vous trouvez-vous dans une situation que vous êtes incapable de voir clairement. Vous pourriez vouloir avancer ou prendre des décisions, mais vous hésitez sur la façon de procéder. Vous pourriez avoir besoin de faire un travail sur vous-même pour mettre en lumière certains sentiments inconscients, afin de trouver un chemin dégagé sur lequel progresser. Traverser de force le brouillard peut être dangereux. Ralentissez et d'avancez avec prudence ; attendez que le brouillard se lève avant de prendre de grandes décisions.

Arc-en-ciel : en voir un dans ses rêves a presque toujours une connotation positive. Symbole universel d'amour, d'espoir et de promesses, il apparaît peut-être pour vous indiquer que vous avez traversé une période de bouleversement affectif ou d'intenses émotions (voir : Pluie), et vous faire savoir que vous avez essuyé le plus gros de la tempête. Il pourrait aussi refléter l'espoir ou les sentiments positifs que vous nourrissez au sujet d'une situation nouvelle – sans doute pensez-vous qu'elle va vous apporter amour et abondance.

Soleil : le soleil est souvent un symbole de vie. On l'associe aux caractéristiques masculines. Dans nos rêves, ses rayons chauds et agréables peuvent représenter le bonheur éprouvé dans notre vie. Si le soleil dans votre rêve est chaud et oppressant, cela pourrait vous signifier de vous montrer moins ambitieux : sans doute vous jetez-vous à corps perdu dans vos projets ou avez-vous besoin de prendre un peu de recul, faisant ainsi place à une énergie plus féminine. Un soleil couchant peut incarner une forme de conclusion, tandis qu'un soleil levant est un signe d'espoir. Peut-être allez-vous considérer l'épreuve que vous traversez sous un jour nouveau.

Lune : bien que la lune ne fasse pas l'objet d'autant d'attention que le soleil, c'est aussi un corps céleste puissant – sa force gravitationnelle fait se mouvoir les océans ! Si l'on prête au soleil des caractéristiques masculines, la lune n'est qu'énergie féminine : lumière douce, émotions délicates. Lorsqu'elle joue un rôle important dans nos rêves, cela fait souvent écho aux énergies, émotions et intuitions féminines.

Vent : le vent possède une énergie dynamique, l'air lui-même est en mouvement. Dans un rêve, le vent peut faire référence à de grands changements, probablement dans votre quotidien ou vos idées. L'air symbolise souvent notre intellect, nos pensées. Si le vent fait son apparition dans vos rêves, vous pourriez comprendre inconsciemment que votre esprit conscient est préoccupé par quelque chose. Bien entendu, l'intensité du vent va influencer votre interprétation. Si la brise est agréable, elle pourrait représenter une certaine ouverture d'esprit. Une tempête pourrait signaler de grands changements d'idées sur le point de se produire ou votre réticence à leur égard.

Tonnerre/Éclairs : le tonnerre et les éclairs vont souvent de pair dans la vie mais ce n'est pas toujours le cas dans nos rêves. S'ils sont symboliquement similaires, ils peuvent revêtir un sens différent. Le tonnerre peut parfois représenter un avertissement, un grondement de l'inconscient prévenant de l'arrivée de quelque chose. Peut-être une tempête émotionnelle est-elle en train de se préparer, mais l'événement ne sera pas forcément négatif. Les éclairs, quant à eux, peuvent symboliser un changement rapide et soudain. Éclair de génie, prise de conscience soudaine… : autant d'allusions de la part de votre inconscient au fait que vous devriez vous montrer plus attentif.

ENVIRONNEMENT

Dans la vie, un environnement particulier nous aide à définir nos objectifs ou donne un contexte à nos expériences ou à nos activités. Si nous sommes en classe, nous sommes prêts à apprendre. Si nous nous trouvons dans une église ou un temple, nous y sommes pour prier. Un environnement va également nous aider à contextualiser la signification de nos rêves.

SYMBOLISME GÉNÉRAL

Bien que le sens de certains environnements soit immédiatement clair selon le rôle qu'ils jouent dans notre vie (voir : Prison, Hôpital), d'autres ne sont pas aussi évidents à décoder. Comme une maison peut inconsciemment représenter notre paysage intérieur, cette partie du livre s'attache également aux différentes pièces afin de vous aider à creuser et à obtenir des significations et des interprétations plus spécifiques.

INTERPRÉTATION PERSONNELLE

Même si certains environnements vont représenter une idée générale ou un concept similaires, votre expérience personnelle va jouer un rôle important dans votre interprétation. Par exemple, une église est un symbole de religion reconnu par la plupart d'entre nous. Toutefois, la relation que vous entretenez avec la religion – votre éducation, le fait que vous soyez croyant ou non, que vous vous sentiez accepté ou rejeté par un type de religion en particulier, et tous les sentiments de culpabilité qui y sont associés, pour ne nommer que quelques nuances – va impacter le sens d'une église dans votre rêve.

SPIRITUALITÉ

ÉGLISE, LIEU DE CULTE

ASSOCIÉS AUX VALEURS, À LA COMMUNAUTÉ ET À LA QUÊTE DE SENS

ABONDANCE

RESTAURANT

ASSOCIÉ AU SOIN DE SOI ET À LA SOCIALISATION

GUÉRISON

HÔPITAL

ASSOCIÉ À LA GUÉRISON APRÈS UNE BLESSURE ÉMOTIONNELLE OU PHYSIQUE

APPRENTISSAGE

ÉCOLE

ASSOCIÉE À LA SOIF DE CONNAISSANCE

PROGRÈS

ASCENSEUR

ASSOCIÉ À UNE ASCENSION OU À UNE RÉGRESSION

PIÈGE

PRISON

ASSOCIÉE À UNE SITUATION STAGNANTE OU À LA PERCEPTION D'UNE PERTE DE LIBERTÉ

SOI

MAISON, SALLE DE BAINS, GRENIER, CAVE, CHAMBRE

ASSOCIÉS À L'INTROSPECTION ET AUX TRANSITIONS

Maison : la maison est l'endroit où l'on vit. C'est là où nous mangeons et dormons, là où nous sommes le plus authentiques. Rêver d'une maison symbolise souvent l'introspection, la suggestion d'un retour sur soi. La maison vous était-elle familière ? Était-ce un endroit où vous avez vécu ? Peut-être votre rêve renvoie-t-il à cette période de votre vie. Dans quel état était la maison ? Un extérieur vétuste pourrait signaler que vous avez l'impression que l'image que vous projetez se dégrade. Sans doute devriez-vous passer plus de temps à mettre les choses en ordre. Si l'intérieur était défraîchi, vous devriez réévaluer le soin que vous prenez de vous-même : ne serait-il pas temps de prêter attention à votre vie intime et d'embellir votre moi intérieur ? Les différentes pièces d'une maison peuvent aussi renvoyer à divers aspects de votre vie, assurez-vous donc de prendre également cela en compte.

Salle de bains/Toilettes : c'est un petit espace dans lequel on se lave, mais c'est aussi un endroit d'élimination et d'intimité. Réfléchissez au type de pièce représenté dans votre rêve (les toilettes étaient-elles publiques ou privées ?), demandez-vous si d'autres personnes étaient présentes (dans la pièce avec vous ou attendant à l'extérieur). Peut-être un aspect de votre vie a-t-il besoin d'être « nettoyé », comme une relation compliquée ou un problème au travail. Ou, alors, vous devez laisser partir quelque chose qui ne vous profite plus, et éliminer ainsi de votre vie ce qui ne fonctionne pas. Cela pourrait signifier que vous rencontrez des difficultés au niveau de l'intimité ; sans doute avez-vous partagé trop de choses et vous sentez-vous vulnérable, ou les autres souhaitent plus de transparence que vous ne souhaitez en montrer.

Grenier : il représente en général le lieu où vit notre intellect, où les souvenirs et les expériences sont conservés. Comment était le grenier : plein à craquer et poussiéreux ? Peut-être devriez-vous faire le vide dans votre esprit et effectuer un tri parmi certains événements de votre passé. Cherchiez-vous quelque chose en particulier ? Peut-être une expérience ou un souvenir du passé doivent-ils être intériorisés ou pourraient-ils faire la lumière sur une situation actuelle.

Cave : si le grenier représente un endroit de stockage pour vos idées et vos expériences, la cave symbolise vos pensées et émotions secrètes les plus profondes et cachées. Dans votre maison - votre moi - la cave renvoie à votre inconscient. Rêver d'une cave pourrait indiquer qu'il est temps de faire la lumière sur des émotions enfouies. Peut-être un élément profondément ancré vous affecte-t-il dans votre vie. La façon dont vous réagissez à votre présence dans une cave va également influencer votre interprétation. Aviez-vous peur ou vous sentiez-vous mal à l'aise ? Sans doute n'avez-vous pas envie d'affronter certaines pensées flottant sous la surface. Vous sentiez-vous à l'aise et curieux ? Peut-être êtes-vous prêt à faire face à ces problèmes profondément enfouis.

Chambre : tout comme la salle de bains, la chambre peut symboliser l'intimité, mais au lieu d'être destinée à l'élimination, elle est bien plus intime. La chambre est un espace personnel, consacré à la tranquillité et à la solitude, au sommeil, au repos réparateur et au sexe. C'est un endroit extrêmement personnel, et une chambre dans votre rêve en sera le reflet. Est-ce votre propre chambre ? Est-elle bien rangée ou négligée et en désordre ? Comment vous y sentez-vous ? En fonction de ce qui s'y passe et de la présence d'une autre personne, cela pourrait suggérer que vous avez besoin de vous reconnecter à vous-même, d'effectuer une retraite privée et de profiter de moments en solitaire. Cela pourrait aussi signifier que vous êtes à la recherche d'une connexion intime : si vous êtes en couple, y a-t-il quoi que ce soit dans votre relation qui doive être évoqué ? Si ce n'est pas le cas, êtes-vous à la recherche d'un partenaire ? Considérez la chambre comme une description de votre vie privée et intime et de ce qui s'y passe.

Église/Lieu de culte : rêver d'une église ou d'un autre bâtiment religieux (comme un temple ou une mosquée, par exemple) est une référence à votre spiritualité. Penchez-vous sur le type de bâtiment dont vous avez rêvé : était-il en lien avec une religion avec laquelle vous avez grandi ? La religion que vous pratiquez actuellement ? Celle qui éveille votre curiosité ? Comment vous sentiez-vous dans cet édifice ? Était-ce un sanctuaire de sécurité et d'acceptation ? Cela pourrait montrer que votre vie spirituelle s'épanouit, ou bien, si ce n'est pas le cas, que c'est le genre de soutien que vous recherchez auprès d'une communauté religieuse. Ressentiez-vous un malaise ou de la colère dans cette église ? Peut-être rencontrez-vous un conflit intérieur avec les valeurs de votre communauté spirituelle et le chemin que vous avez envie de suivre. Demandez-vous si quelque chose dans votre vie remet en question votre système de valeurs.

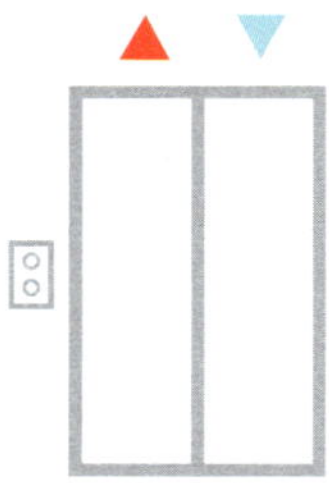

Ascenseur : dans la vie, nous prenons l'ascenseur pour aller dans des endroits précis et, lorsqu'il apparaît dans un rêve, il peut symboliser la direction que semble prendre notre vie. L'ascenseur monte-t-il ? Lentement ou rapidement ? Vous pourriez avoir le sentiment de vous trouver sur une trajectoire ascendante. L'ascenseur descend-il ? Peut-être avez-vous fait face récemment à des difficultés ou empruntez-vous la mauvaise voie. Si l'ascenseur est coincé ou en panne, vous pourriez vous aussi vous sentir bloqué, incertain du prochain étage où vous rendre. Si vous appuyez sur les boutons mais que vous vous arrêtez au mauvais étage, ou si quelqu'un d'autre actionne les boutons, vous pourriez avoir l'impression de ne pas maîtriser la direction que vous prenez. Comme la maison, un bâtiment peut représenter notre niveau de conscience : si l'ascenseur monte, c'est sans doute que votre conscience se développe, que votre esprit s'ouvre et grandit pour se connecter à une conscience supérieure. S'il descend, vous pourriez explorer des problèmes dont vous n'avez pas conscience ou des choses que vous avez précédemment ignorées. Si le numéro de l'étage vous apparaît, notez-le et utilisez le symbolisme des chiffres en page 80 pour vous aider dans votre interprétation.

Hôpital/Centre de soins: l'évocation des hôpitaux suscite un large registre de sentiments, de l'inquiétude à la peur en passant par le chagrin et le choc. Rêver de l'hôpital peut mettre en lumière tout autant d'émotions, mais celles-ci sont toujours liées à la guérison – que vous ayez besoin de soins ou que vous soyez en passe de guérir. Cette guérison peut être physique, émotionnelle ou même spirituelle. Considérez ce qui se passe dans cet hôpital. Êtes-vous le patient ? Ou le docteur ? Quel rôle jouez-vous dans votre propre guérison ? Vous traite-t-on pour quelque chose de particulier ou souffrez-vous de maux mystérieux qui nécessitent davantage d'examens ? Cela pourrait indiquer que vous savez que quelque chose dans votre vie a besoin d'attention ou que vous avez besoin d'être guéri sans en connaître encore totalement le sens.

Hôtel : si une maison symbolise la conscience de soi, rêver d'un hôtel peut représenter une transition intérieure. Un hôtel est un endroit où l'on séjourne temporairement, pour le travail, les vacances ou d'autres obligations. Rêver que l'on s'y trouve pointe donc du doigt le changement transitoire qui s'opère en nous. Pensez à la façon dont vous vous sentez dans l'hôtel. Est-il luxueux ? Êtes-vous bien installé ? Le service est-il de qualité ? Vous pourriez être heureux des changements que vous êtes en train de faire, posant ainsi les jalons d'une période d'abondance. L'hôtel est-il petit et étroit ? Y êtes-vous mal à l'aise ? Il se pourrait que vous résistiez au changement qui est en train de se produire ou que vous deviez examiner si oui ou non la transformation que vous entreprenez est suffisamment importante.

École : rêver de l'école est quelque chose de très répandu. Une école symbolise sans surprise l'apprentissage, l'éducation et le perfectionnement de soi. Chacun de ces thèmes présente plusieurs facettes : l'école de votre rêve était-elle celle de votre enfance ou une école où vous n'êtes jamais allé ? Peut-être devriez-vous revisiter les leçons du passé ou êtes-vous à la recherche de nouvelles connaissances pour assurer votre avenir. Beaucoup de rêves stressants se déroulent à l'école : vous y arrivez nu, vous ne réussissez pas à trouver votre salle de classe ou vous devez faire un contrôle pour lequel vous n'avez pas étudié. Vous pourriez avoir des doutes sur le partage de vos connaissances avec les autres, vous sentir incompétent, nerveux ou mal à l'aise par rapport à la période de développement personnel que vous vivez actuellement. Si vous êtes heureux d'être à l'école et à l'aise dans cet environnement, cela suggère que vous êtes ouvert aux leçons que la vie a à offrir.

Prison : dans la vie, la prison est un lieu de restrictions, de punition pour des actes répréhensibles (perçus comme tels ou légitimement). Dans nos rêves, elle représente une sorte de piège. Peut-être avez-vous l'impression d'être prisonnier d'un travail, d'une relation ou d'obligations trop nombreuses qui briment votre liberté. Ou bien vous faites face aux conséquences désagréables d'une décision que vous avez prise, avec sans doute le sentiment de les mériter. Vous pourriez avoir l'impression d'une conclusion inévitable, que ce soit justifié ou pas.

Restaurant : manger au restaurant est souvent en lien avec la socialisation, le soin de soi, l'abondance et le service, que ce soit dans la vie ou dans nos rêves. La nature du restaurant, la qualité du service, les plats que vous commandez et dégustez, et les personnes à table avec vous vont tous jouer un rôle majeur dans votre interprétation. L'atmosphère est-elle vivante, la salle est-elle bien aménagée ? La nourriture est-elle délicieuse, le service est-il de premier ordre ? Dans ce cas, vous pourriez appeler l'abondance à vous et vous sentir prêt à l'accueillir. Si le restaurant et le service laissent à désirer, interrogez-vous sur le soin que vous prenez de vous-même et demandez-vous si vous ne pourriez pas vous faire davantage plaisir dans la vie. Notez également la présence d'autres personnes autour de la table, car leurs caractéristiques peuvent vous en apprendre beaucoup sur vos sentiments envers vos amis actuels et vous faire comprendre s'ils vous aident à appeler à vous cette fameuse abondance ou s'ils vous donnent l'impression qu'elle n'est pas méritée.

PERSONNES

Notre vie est faite de personnes importantes : celles avec lesquelles nous échangeons au quotidien, comme un patron ou un professeur ; celles avec qui nous avons construit une vie, comme un partenaire ou nos enfants ; celles qui nous ont élevés et avec qui nous avons grandi, tels des parents, des frères et sœurs et d'autres membres de la famille ; et celles avec lesquelles nous n'interagissons que rarement, à l'image du prêtre, du pasteur ou d'une autre figure religieuse, ou que nous ne rencontrerons jamais, comme une célébrité. Notre inconscient peut toutes les utiliser..

SYMBOLISME GÉNÉRAL

Chaque personne mentionnée ci-dessus joue un rôle très spécifique dans notre vie et représente un archétype particulier. Un patron est une figure d'autorité, les parents symbolisent la sécurité et l'élément nourricier. Un prêtre, ou un pasteur, est une personne respectée pour la sagesse spirituelle qu'elle est capable de transmettre. Ces rôles généraux vous donnent un cadre pour votre interprétation, mais ils ne constituent pas le seul prisme à travers lequel examiner votre rêve.

INTERPRÉTATION PERSONNELLE

Les personnes que nous rencontrons dans nos rêves nécessitent l'interprétation la plus personnalisée de toutes. Vous êtes le seul à savoir qui est la personne présente dans votre rêve, à connaître la nature de vos relations et ce qu'elle signifie pour vous. Ce sont ces traits et ces liens personnels qui comptent le plus dans votre interprétation. Souvenez-vous de toujours considérer d'abord les personnes présentes dans vos rêves comme la manifestation d'un des aspects de votre personnalité, avant de vous pencher sur leur identité et le rôle qu'elles jouent dans votre vie.

CULPABILITÉ
CRIMINEL
ASSOCIÉ À L'ACCEPTATION DES CONSÉQUENCES

CONNAISSANCE
PROFESSEUR
ASSOCIÉ À L'APPRENTISSAGE ET AU PERFECTIONNEMENT

SPIRITUALITÉ
FIGURE RELIGIEUSE
ASSOCIÉE À LA QUÊTE DE SENS ET À LA COMMUNAUTÉ

SAGESSE
GRAND-PARENT
ASSOCIÉ À LA CONNAISSANCE, À L'EXPÉRIENCE ET À L'AMOUR INCONDITIONNEL

RELATIONS
PARTENAIRE/ÉPOUX
ASSOCIÉS AUX DYNAMIQUES DES RELATIONS PASSÉES OU PRÉSENTES

AUTORITÉ
PARENT, PATRON
ASSOCIÉS À LA SÉCURITÉ ET AU POUVOIR

NOUVEAU DÉPART
BÉBÉ, ENFANT
ASSOCIÉS À LA NOUVEAUTÉ (IDÉES, RELATIONS) OÙ IL FAUT S'INVESTIR

Bébé : tout comme le bébé dans la vie est un nouvel être humain, dans les rêves il représente du nouveau et une période de gestation, qu'il s'agisse d'un travail, d'une relation ou simplement d'un nouveau chapitre. Comment avez-vous réagi face au bébé dans votre rêve ? En aviez-vous la responsabilité ? Aviez-vous envie d'en prendre soin ou vous est-il apparu comme une entrave ? Cela pourrait être représentatif de vos sentiments concernant la nouvelle expérience que vous faites actuellement. Vous pourriez être réticent face aux soins qu'il faut prodiguer pour que la relation, le travail ou l'idée puissent décoller. Ou bien vous pourriez être enthousiaste, investi et impatient de les voir se développer. Rêver d'un bébé peut aussi revêtir un sens littéral. Si vous êtes parent, cela renvoie-t-il à quelque chose que vous vivez dans votre cheminement de parent ? Si vous n'avez pas d'enfant, en souhaitez-vous ? Est-ce que cela fait référence à une chose que vous essayez de faire ou à une opportunité que vous avez ratée ?

Célébrité : lorsqu'une personne célèbre apparaît dans vos rêves, vous devriez en interpréter la signification à deux niveaux. Tout d'abord, demandez-vous ce que cette célébrité en particulier incarne pour le public. Quelles sont ses qualités ? Pour quelles raisons est-elle célèbre ? Comment est-elle perçue ? Ensuite, interrogez-vous sur votre lien personnel avec elle. S'agit-il d'un artiste que vous aimez, et, si oui, pourquoi ? Est-ce quelqu'un que vous n'appréciez pas et, si c'est le cas, quelles en sont les raisons ? Que dit de vous et de ce que vous traversez actuellement la visite de cette célébrité ? Puis analysez son rôle dans votre rêve : son apparition était-elle éphémère ? Avez-vous noué une relation ? Vous sentiez-vous à l'aise ou non ? Toutes ces réactions vous en diront plus sur votre rapport aux attributs que la célébrité symbolise en vous.

Criminel : un rêve où apparaît un criminel, ou une activité criminelle, représente habituellement une sorte d'acte répréhensible, qu'il soit réel ou perçu comme tel. Peut-être avez-vous fait quelque chose qui vous fait ressentir de la culpabilité ou qui, selon vous, va engendrer des conséquences. Ou bien il se pourrait que quelqu'un d'autre pense que vous avez fait quelque chose et que vous soyez en train d'intérioriser

les sentiments liés à cette accusation. Ce genre de rêve peut aussi mettre en exergue un certain comportement : sans doute avez-vous pris des décisions sans vous préoccuper des conséquences et votre inconscient vous en avertit.

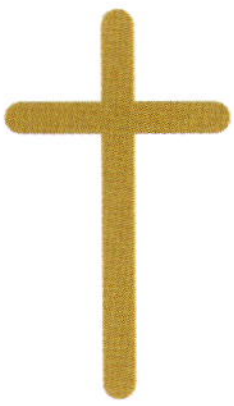

Prêtre/Pasteur/Figure religieuse : l'apparition d'un lieu de culte, d'un prêtre ou d'une figure religieuse dans vos rêves renvoie à tout un éventail d'effets et d'interprétations personnels. De manière générale, une figure religieuse symbolise une dévotion à la spiritualité, aussi devriez-vous explorer cet aspect de votre vie en vous interrogeant sur sa signification. Cependant, comme nos expériences avec la religion et les figures religieuses sont si intensément privées, vous devriez essayer de faire passer en premier votre connexion individuelle à la figure apparue dans votre rêve. Peut-être avez-vous des souvenirs heureux d'une enfance vécue dans la religion, et votre rêve était rassurant et familier. Cela pourrait signifier que vous cherchez à vous reconnecter à cet aspect de votre spiritualité. Si vos opinions divergent de celles d'une religion et que vous vous êtes senti mal à l'aise face à la figure religieuse dans votre rêve, cela pourrait montrer que vous reconnaissez votre conflit intérieur, mais que vous cherchez toujours une forme de communauté spirituelle.

Parent : rêver d'un parent est très subjectif selon la relation que vous entretenez (ou entreteniez) avec vos propres parents. D'un point de vue général, un parent représente la sécurité, la stabilité et un sens de l'autorité. Bien qu'une interaction avec un parent dans un rêve apporte un éclairage sur les rapports que vous entretenez avec lui, elle pourrait aussi être observée de votre point de vue : vous sentez-vous incertain de votre place dans la vie ? Recherchez-vous la sécurité et un soutien inconditionnel ? Avez-vous besoin de mieux prendre soin de vous ? En quoi les vertus (ou les critiques) instillées par vos parents en grandissant affectent-elles votre vie actuelle, pour le meilleur ou pour le pire ? Si vous êtes parent vous aussi, vous pourriez réfléchir à ce que l'interaction avec votre mère ou votre père dans votre rêve vous révèle sur les difficultés ou les succès que vous rencontrez.

Frère ou sœur : rêver d'un frère ou d'une sœur est sujet à interprétation personnelle. Est-ce que votre rêve évoque votre relation actuelle avec votre sœur ou frère, ou semble-t-il faire référence à la dynamique familiale de votre enfance ? Étiez-vous heureux de les voir dans votre rêve ou la rencontre était-elle conflictuelle ? Demandez-vous ce que cette interaction peut vous révéler sur vous-même. En quoi votre relation avec votre frère ou votre sœur, ou ce que vous êtes pour eux, renvoie à ce que vous traversez actuellement d'un point de vue personnel ? Si vous êtes enfant unique, vous pourriez être à la recherche de personnes avec lesquelles tisser des liens aussi forts que les liens familiaux.

Professeur : un professeur est une figure d'autorité qui nous transmet aussi des connaissances. Rêver d'un professeur pourrait vouloir dire que vous êtes à la recherche de réponses ou que vous êtes en train d'apprendre de nouvelles compétences, ou que ce serait une bonne idée de le faire. L'identité du professeur et les sentiments qu'il a évoqués en vous vont jouer un rôle majeur dans l'interprétation de ce symbole. S'agissait-il d'un professeur que vous appréciez beaucoup ? Ou avec lequel vous ne vous êtes jamais entendu ? Si vous ne connaissez pas le professeur, voyez-le comme un chemin qui mène à la connaissance.

Partenaire/Époux : si vous avez rêvé de votre conjoint actuel, en quoi cette interaction évoque-t-elle l'état de votre relation ? Ces rêves sont souvent un moyen de se décharger de l'anxiété inexprimée que nous ressentons vis-à-vis de la relation. Si vous êtes célibataire, rêver d'un partenaire pourrait vous indiquer ce que vous attendez d'une relation. Si vous avez rêvé d'un ex-conjoint, demandez-vous ce qu'il signifiait pour vous à l'époque et ce qu'il représente pour vous aujourd'hui. En quoi la dynamique de votre relation passée fait-elle écho à ce que vous vivez actuellement ? Enfin, rêver d'un conjoint peut aussi refléter votre degré d'engagement pour une autre chose que vous vivez en ce moment.

Patron : un patron est une autre figure d'autorité – cette fois-ci, dans le cadre du travail. Dans votre rêve, vos liens personnels avec lui vont avoir un impact considérable sur l'interprétation. Si vous avez rêvé de votre supérieur actuel, comment s'est déroulée l'interaction et qu'avez-vous ressenti ? Cela évoque-t-il une forme de conflit ou un obstacle que vous rencontrez au travail ? Si vous avez rêvé d'un ancien patron, songez à ce que vous vous rappelez de lui : vous soutenait-il dans votre carrière ? Ou était-ce le genre de patron qui vous donne le sentiment de ne pas être apprécié, d'être stressé et coincé dans un poste sans évolution possible ? Rêver d'un patron pourrait également montrer que vous devez en endosser le rôle. Peut-être un aspect de votre vie requiert-il que vous preniez les rênes ?

Grand-parent : souvent, un grand-parent symbolise la sagesse, l'amour et l'expérience. Prenez bien en compte votre propre relation avec vos grands-parents (si vous en entretenez/entreteniez une). S'ils sont encore vivants, est-ce que votre interaction dans le rêve, ou ce que vous avez ressenti en les voyant, évoque un aspect actuel de votre relation ? Si vos grands-parents sont décédés, c'est sans doute une façon qu'a votre esprit de revisiter la relation. Réfléchissez à la dynamique générale de votre famille. Quel rôle y joue/jouait ce grand-parent ? De quels traits de personnalité de vos grands-parents pouvez-vous vous inspirer pour affronter un obstacle particulier auquel vous faites actuellement face, ou pour gérer un conflit ou un problème dans une relation ?

Enfant : rêver d'un enfant renvoie souvent à celui qui sommeille en vous. Quel âge a l'enfant de votre rêve ? Que veut-il ou de quoi a-t-il besoin ? Comment se comporte-t-il et en quoi cela est-il lié à quelque chose que vous vivez actuellement ? Rêver d'enfants peut aussi symboliser une nouvelle idée, un nouveau désir, un nouveau chemin que vous explorez. Votre réaction et ce que vous ressentez face à eux peuvent vous aider à interpréter la signification de cette connexion. Si vous êtes parent et que vous rêvez de vos enfants, il s'agit souvent de la manifestation de votre propre relation parentale. Ce peut être une façon de se décharger de l'inquiétude et de l'anxiété inhérentes au fait d'être responsable d'un autre humain en plein devenir.

ÉMOTIONS

Notre corps est notre représentation physique, notre sens identitaire le plus intime. La façon dont il est affecté ou ce qu'il vit dans nos rêves peuvent paraître aussi réels que lorsque nous nous déplaçons dans le monde physique aux heures où nous sommes éveillés. Parfois, c'est encore plus réel ! Quelqu'un avec un système reproductif masculin ne pourra jamais porter d'enfant dans la vie, mais pour les hommes rêver d'être enceint est une occurrence relativement répandue.

SYMBOLISME GÉNÉRAL

Différentes émotions et sensations ont souvent des significations universelles. Certaines s'invitent régulièrement dans nos rêves, quels que soient notre âge, notre genre ou notre culture. Pleurer, par exemple, est une réaction humaine universelle et peut se produire en rêve aussi facilement que dans la vie. Bien que cela ait la même signification pour tous – le chagrin, la perte ou parfois même la joie, selon les larmes que l'on verse –, dépasser la symbolique générale vous aidera à donner un sens plus personnalisé au rêve.

INTERPRÉTATION PERSONNELLE

Beaucoup d'émotions incluses dans cette partie du livre sont des manifestations de stress et d'anxiété. Ce type de rêves peut vous aider à comprendre votre niveau de stress et à le gérer, de telle sorte que, lorsque vous vous réveillez, les émotions que vous avez ressenties aient perdu de leur intensité. Reconnaître la source de votre anxiété vous aidera à interpréter le sens de ces rêves, ce qui fonctionne dans les deux sens. Vous pourriez vous réveiller et savoir instantanément que votre rêve était lié à une situation stressante que vous avez récemment vécue. Ou vous pourriez ne pas vous rendre compte du niveau élevé de votre anxiété inconsciente, et un rêve pourrait vous aider à le comprendre et à y remédier. Bien entendu, toutes les émotions n'adviennent pas à cause d'un malaise. Certaines sont des messages de pur bonheur. Quoi qu'il en soit, essayez d'utiliser ces interprétations pour gérer votre stress ou ressentir plus de joie afin que la pratique du rêve soit vraiment une expérience enrichissante.

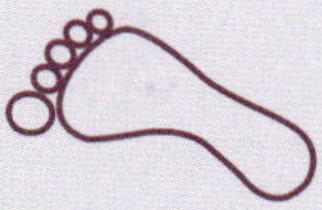

ANCRAGE
PIEDS NUS **ASSOCIÉS AU FAIT QUE L'ON A TROUVÉ UNE FONDATION SOLIDE**

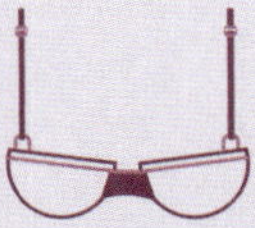

VULNÉRABILITÉ
NUDITÉ
ASSOCIÉE À L'INTIMITÉ ET À L'EXPOSITION

LIBERTÉ
VOLER
ASSOCIÉ À L'EXPLORATION ET À L'EUPHORIE

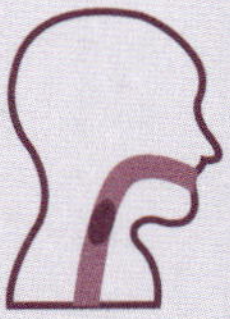

EXPRESSION DE SOI
SENSATION D'ÉTOUFFER, DE NE PAS POUVOIR CRIER **ASSOCIÉE À L'IMPOSSIBILITÉ D'EXPRIMER SON AVIS**

ANXIÉTÉ
IMPOSSIBILITÉ DE RESPIRER, CHUTE, PARALYSIE, TRANSPIRATION, PERTE DE SES CHEVEUX
ASSOCIÉES AU STRESS

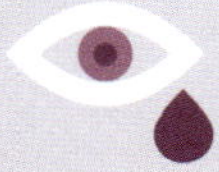

DÉCHARGE ÉMOTIONNELLE
PLEURER
ASSOCIÉ À L'EXPRESSION DE LA TRISTESSE OU DU DEUIL

SURCHARGE ÉMOTIONNELLE
NOYADE
ASSOCIÉE AUX SENTIMENTS FORTS

Pieds nus : symboliquement, les pieds nus indiquent que nous sommes à l'aise avec qui nous sommes, que nous avons le sentiment d'avoir les pieds solidement plantés sur la terre ferme. Cela pourrait également vouloir dire que nous nous sentons un peu instables ou dépassés, et que nous avons besoin de retrouver cette terre ferme, une fondation solide. Être pieds nus renvoie aussi au fait de se sentir exposé, vulnérable face aux circonstances extérieures qui échappent à notre contrôle. Dans votre rêve, étiez-vous pieds nus à la plage, sentant le sable entre vos orteils, ou marchiez-vous, les pieds douloureux, sur un trottoir brûlant ? Profitiez-vous de l'herbe douce dans la nature ou aviez-vous peur de marcher sur quelque chose de coupant ? Si la nature est importante à vos yeux, rêver d'être pieds nus peut symboliser une reconnexion à l'énergie de Mère Nature, qui permet de trouver un ancrage et de se sentir relié à l'humanité tout entière.

Pleurer : dans la vie comme en rêve, pleurer sert à nous décharger émotionnellement. C'est notre façon d'exprimer le chagrin profond, la tristesse, la perte et la solitude. Nos larmes peuvent aussi naître de la frustration ou du sentiment d'être submergé par les événements. Parfois, elles peuvent être joyeuses. Prenez tout cela en considération dans votre interprétation. Si vous étiez en pleurs, il se peut que vous ressentiez des émotions intenses dans votre vie. S'il vous est impossible de pleurer pendant que vous êtes éveillé, pleurer un bon coup dans vos rêves peut aider à ouvrir ces portes, et faciliter l'expression de la tristesse lorsque vous serez réveillé ou vous aider simplement à gérer votre chagrin pendant que vous dormez. Si une autre personne pleurait dans votre rêve, cela pourrait montrer que vous avez de la tristesse, mais qu'elle n'est pas suffisamment profonde pour que vous la discerniez facilement. Demandez-vous si certains aspects moins évidents de votre vie émotionnelle n'ont pas besoin d'exprimer leur chagrin. Selon votre réaction face à la personne qui pleurait, cela pourrait aussi indiquer que quelqu'un de votre entourage vit actuellement une période douloureuse et que vous la soutenez et l'accompagnez, ou alors que vous résistez à l'idée de la considérer dans toute son authenticité et que vous ignorez son chagrin pour votre propre confort.

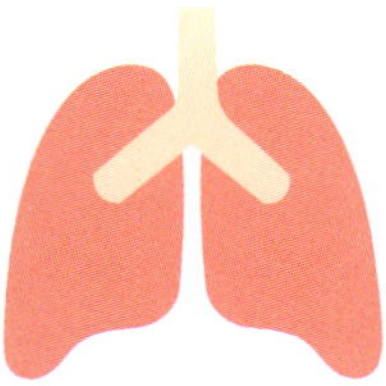

Incapacité à respirer : elle est souvent liée à une période d'anxiété ou de stress. Vous pourriez vous sentir dépassé par le poids de vos responsabilités ou la charge de travail que vous avez acceptée. Notre respiration est aussi notre source de vie, des difficultés à respirer dans un rêve peuvent donc signifier que vous avez l'impression que votre vie manque de profondeur ou que vos valeurs ne sont pas en phase avec la façon dont vous passez vos journées. Interrogez-vous sur la voie que vous suivez les changements que vous pouvez opérer pour soulager le stress qui pèse sur vous, ou la façon dont vous pouvez vous reconnecter aux choses qui rendent la vie digne d'être vécue.

Os brisés : le squelette est la structure fonctionnelle de notre corps, l'apparition d'un os brisé dans un rêve pourrait donc signifier qu'un élément fondamental de notre vie est en train de changer ou ne peut plus nous soutenir dans le nouveau chapitre qui s'ouvre à nous. Cela pourrait aussi montrer que les plans que vous bâtissez pour votre futur ne sont pas suffisamment solides. Réfléchissez à la façon dont l'os était brisé : vous l'êtes-vous cassé ? Était-ce douloureux et traumatisant ? Ou bien l'os était-il déjà brisé ? Avez-vous trouvé un moyen de le réparer ? Cela pourrait éclairer le changement qui s'opère dans votre vie et sur la force de son impact émotionnel. L'endroit de votre corps où l'os s'est brisé est important aussi. Était-ce dans les jambes, ce qui affectait votre mobilité ? On parle aussi des « cadavres cachés dans le placard ». Un os brisé pourrait donc aussi renvoyer à un secret honteux ou à une vérité cachée affectant votre quotidien.

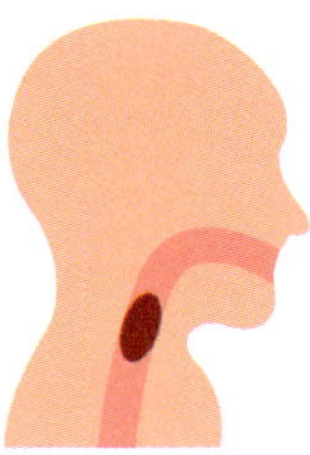

Sensation d'étouffer : les rêves dans lesquels on s'étouffe sont souvent liés à un problème d'expression. La gorge est symbole de communication. Si vous vous étouffez avec quelque chose que vous avez avalé, demandez-vous s'il n'y a pas un aspect de votre vie dans lequel vous vous sentez incapable de vous exprimer. Gardez-vous vos opinions pour vous par peur des répercussions ? Trouvez-vous difficile d'exprimer vos pensées de manière à être entendu ? Peut-être rencontrez-vous une situation dans laquelle vous sentez que vous devriez dire quelque chose, mais pour une raison quelconque vous vous retenez de le faire. Si vous étouffiez parce que quelqu'un vous étrangle, pensez à ce que cette personne représente.

Noyade : comme vous le savez, l'eau représente nos émotions et, lorsque nous rêvons que nous nous noyons, cela représente souvent le fait de se sentir submergé émotionnellement dans la vie. Vous avez sans doute le sentiment d'être « noyé » sous le travail ou les responsabilités sans véritable pause pour reprendre votre souffle. Vous pourriez aussi être complètement consumé par un grand bouleversement émotionnel. Réfléchissez aux détails des circonstances de votre noyade. Êtes-vous en mer, dans des eaux inconnues ? Êtes-vous dans une piscine entouré d'autres personnes ? Prenez en compte ce que vous ressentez : panique et désespoir, ou calme et acceptation ? Cela pourrait vous éclairer sur votre façon de gérer ces fortes émotions. Parfois, certains découvrent qu'une fois qu'ils capitulent dans leur rêve ils peuvent respirer sous l'eau. Cela pourrait indiquer que vous faites confiance au processus et que vous apprenez à travailler avec les émotions qui déferlent actuellement sur vous.

Chute : rêver que l'on chute est un autre thème récurrent qui naît souvent de l'anxiété que l'on ressent dans notre vie, quand on a l'impression d'être dépassé et que l'on ne contrôle rien. Mais, aussi commune que soit la chute en rêve, les circonstances individuelles peuvent être très personnelles. Dans votre rêve, vous pouvez vous écraser au sol ou, comme c'est plus souvent le cas, vous réveiller juste avant. Pensez à la chute en elle-même : avez-vous glissé ou été poussé ? Était-ce terrifiant ou simplement surprenant ? En quoi cela évoque-t-il une expérience que vous vivez actuellement et qui vous donne le sentiment que vous n'avez pas votre mot à dire ? Il pourrait s'agir d'une relation ou d'un travail, de circonstances extérieures qui impactent votre quotidien, ou encore des conséquences de vos propres décisions qui vous ont conduit sur un chemin que vous ne voulez plus emprunter. Vous ne pouvez peut-être pas agir sur les circonstances, d'où votre sentiment que tout contrôle vous échappe, mais vous pouvez changer votre façon de les voir et d'y réagir. Arrêter de lutter contre la situation présente allégera un peu votre anxiété, mais pourra souvent aussi vous ouvrir des portes auxquelles vous n'auriez pas songé, vous amenant sur un chemin où vous aurez davantage votre mot à dire.

Voler : tout comme rêver que l'on chute, rêver que l'on vole est un thème relativement commun. Cependant, celui-ci a des connotations bien plus positives – et pourquoi ne serait-ce pas le cas ? Être capable de voler, libéré de la gravité ou des limites imposées par notre corps physique, est une expérience euphorique qui peut nous sembler très réelle. Cela symbolise habituellement un grand sentiment de liberté, l'exploration sans entraves ou la soif de vivre une telle expérience. Interrogez-vous sur vos émotions tandis que vous voliez. Étiez-vous ravi et sûr de vous, ou vous sentiez-vous nerveux et à la dérive ? Cela pourrait vous éclairer sur le rapport que vous entretenez avec les objectifs que vous tentez d'atteindre. Voler permet aussi d'adopter une vue d'ensemble : y a-t-il dans votre existence une situation qui pourrait bénéficier d'une perspective plus large ? S'élever dans le ciel rend nos soucis sur Terre bien lointains. Est-ce que cela suggère que vous devriez prendre les choses plus à la légère ou est-ce une indication de votre tendance à simplement ignorer les problèmes en espérant qu'ils vont disparaître ?

Paralysie : il existe certaines théories selon lesquelles rêver d'être paralysé se produit lorsque notre esprit devient plus conscient qu'il ne le devrait pendant le sommeil, la sensation de ne pas pouvoir bouger résultant de la prise de conscience par le cerveau de la paralysie des muscles typique du sommeil paradoxal. Si c'est le cas, le rêve sera souvent très réaliste, incorporant des éléments de votre environnement, votre cerveau étant à moitié conscient de ce qui l'entoure. La paralysie dans un rêve peut aussi être symbolique. Comme l'anxiété qui se cache derrière la sensation de tomber en chute libre, elle signifie souvent que vous avez le sentiment d'être freiné dans un aspect de votre vie, que ce soit de votre propre fait ou à cause de choses qui échappent à votre contrôle.

Nudité : se retrouver nu, ou simplement en sous-vêtements, dans une pièce remplie de monde est un rêve très banal. La nudité dans un rêve, cependant, n'est pas toujours mortifiante, mais représente presque toujours une forme de vulnérabilité. Examinez l'environnement dans lequel vous vous trouviez nu. Étiez-vous le seul à ne pas porter de vêtements ? Vous sentiez-vous gêné et complexé ? Cherchiez-vous un moyen de vous couvrir ou acceptiez-vous votre état ? Songez aux aspects de votre existence dans lesquels vous pourriez être vulnérable – peut-être dans une nouvelle relation, un nouveau travail ou une nouvelle ville. Ou bien cela renvoie-t-il à la peur d'être vulnérable ? Votre incapacité à montrer votre fragilité est sans doute ce qui vous empêche d'accéder à une intimité authentique. Ou, alors, cachez-vous quelque chose ? Dans ce cas, ce pourrait être la peur qu'elle ne soit révélée qui vous est communiquée.

Grossesse : beaucoup de femmes enceintes, ou de femmes que l'âge d'avoir des enfants préoccupe, vont rêver qu'elles sont enceintes. Pour celles qui le sont réellement, c'est sans doute un moyen qu'a trouvé leur esprit d'assimiler les immenses bouleversements qui se produisent dans leur corps. Pour celles qui souhaitent être enceintes (ou ne le veulent pas du tout), un tel rêve peut simplement manifester ces sentiments et cette anxiété. Si cette lecture plus littérale ne s'applique pas à votre cas, sur le plan symbolique rêver d'attendre un enfant signifie qu'un changement important se prépare. Votre réaction dans le rêve pourrait vous révéler vos sentiments vis-à-vis de ce changement. Votre grossesse est-elle nouvelle, à ses premiers stades, ou êtes-vous sur le point d'accoucher, prêt à partager votre idée avec vos amis et votre famille ? Êtes-vous nerveux et mal à l'aise, ou très impatient ? Pensez aux idées nouvelles auxquelles vous avez réfléchi récemment et voyez si ce rêve signifie ou non que vous avez envie de couver le projet jusqu'à ce qu'il voie le jour et s'épanouisse.

Transpirer : c'est une fonction physiologique qui permet à notre corps de réguler sa température, qui peut augmenter sous les effets du stress, de l'effort, de la peur ou des hormones. Rêver que l'on transpire peut être une forme symbolique de régulation : quelque chose dans votre vie est en train de « monter en température » et vous travaillez à limiter les dégâts. Cela pourrait également signifier que vous avez fourni beaucoup d'efforts ou que vous savez peut-être que vous allez devoir le faire, pour atteindre un objectif ou réaliser un rêve. D'un point de vue littéral, cela suggère que l'environnement dans lequel vous dormez est tout simplement trop chaud. Assurez-vous donc, quand vous interprétez un rêve où apparaît le thème de la sueur, de regarder si son sens est profond ou non.

Perdre ses cheveux : c'est presque toujours en lien avec le stress et l'anxiété que vous rencontrez actuellement. Cependant, la source de ce stress peut varier. Souvent, les cheveux sont un symbole de force et de pouvoir. Y a-t-il une situation que vous avez l'impression de ne pas maîtriser ? Vous avez sans doute le sentiment de n'avoir aucun pouvoir d'influence sur son issue. Les cheveux renvoient aussi à la beauté, et les cheveux longs peuvent incarner la féminité. Si perdre vos cheveux dans votre rêve a créé en vous une angoisse liée à votre apparence, il se peut que vous soyez anxieux quant à votre physique. Si vos cheveux étaient longs, vous devriez examiner la façon dont vos énergies masculine et féminine s'équilibrent.

Impossibilité de crier : si vous vous trouvez dans un rêve où la situation nécessite que vous hurliez, mais qu'en ouvrant la bouche vous ne produisez aucun son, l'interprétation peut être assez simple : vous n'arrivez pas à vous exprimer. Peut-être avez-vous le sentiment de ravaler vos émotions ou de ne pas pouvoir donner votre opinion. Ce pourrait sinon être lié à votre incapacité à demander de l'aide. Demandez-vous dans quel domaine vous vous sentez submergé. Si quelqu'un dans votre rêve vous empêche de crier, réfléchissez aux caractéristiques de cette personne et à ce qu'elles disent sur ce qui vous retient de demander de l'aide, que ce soit la fierté, la honte ou l'embarras.

THÈMES

Parfois, l'élément le plus pertinent d'un rêve n'est pas ce qui s'y passait, ni les gens qui s'y trouvaient, mais son thème global ou l'expérience générale que vous en avez faite. En ce sens, il existe un certain nombre de thèmes communs à l'expérience humaine et qui apparaissent donc souvent dans nos rêves.

SYMBOLISME GÉNÉRAL

Certains thèmes vont avoir une interprétation assez évidente. Le sentiment d'abandon dans nos rêves reflète souvent celui que l'on ressent dans notre vie. Cependant, il y en a d'autres qui pourraient avoir une signification surprenante ou inattendue (voir : Sexe, Mort) et vous allez devoir travailler à dépasser le bagage culturel et les liens personnels qui accompagnent ces symboles.

INTERPRÉTATION PERSONNELLE

Cela étant dit, l'expérience et les connexions individuelles jouent toujours un rôle majeur. Il va simplement falloir que vous les abordiez avec un œil plus critique et de manière moins instinctive. Par exemple, un rêve dans lequel vous couchez avec votre collègue ne signifiera pas forcément que vous voulez vivre une aventure au bureau. Vous allez devoir dépasser la honte ou l'embarras qu'inspire l'acte afin de véritablement comprendre le sens de votre rêve. Évidemment, il est possible qu'il indique que vous avez envie de sexe avec votre collègue ! C'est à vous de vous montrer honnête sur vos sentiments et de savoir quand le sens d'un rêve doit être creusé.

TRANSFORMATION

MORT, FAIRE SES CARTONS **ASSOCIÉS À DES CHANGEMENTS MAJEURS OU À UNE RENAISSANCE**

BUTS

ÊTRE EN RETARD, TROMPER/INFIDÉLITÉ

ASSOCIÉS À VOTRE REGARD SUR VOS ACCOMPLISSEMENTS

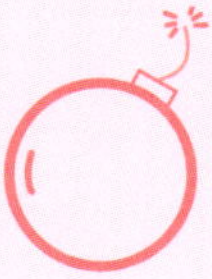

CONFLIT

GUERRE

ASSOCIÉE À DES CONFLITS INTERNES OU À DES COMBATS

COMMUNICATION

ASSOCIÉE À LA CONNEXION ET AU FAIT DE DONNER SON OPINION

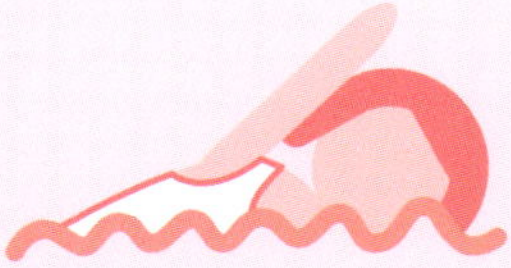

ÉMOTIONS

NAGER, PRENDRE UN BAIN

ASSOCIÉS AU TRAVAIL SUR SES SENTIMENTS

SOIN DE SOI

NOURRITURE

ASSOCIÉE À LA NOURRITURE PHYSIQUE ET SPIRITUELLE

OBSTACLES

GRIMPER, TEST **ASSOCIÉS AU FAIT DE TRAVAILLER À LA RÉSOLUTION DE PROBLÈMES**

NAISSANCE

ACCOUCHER

ASSOCIÉ À LA CRÉATIVITÉ ET AUX NOUVEAUX DÉPARTS

Abandon : l'abandon est quelque chose que beaucoup d'entre nous redoutent dans l'existence, il n'est donc pas surprenant que ce soit un thème récurrent dans les rêves. La peur de l'abandon, qui naît souvent d'un sentiment d'insécurité ou de manque de mérite, peut nous rendre réticents à nous engager ou à partager toute intimité émotionnelle. Elle peut aussi nous conduire à dissimuler notre vraie personnalité pour plaire à une personne afin que celle-ci ne nous abandonne pas. Tous ces sentiments peuvent alimenter des rêves sur le thème de l'abandon et être liés à une situation ou à une relation qui font ressurgir nos peurs. Craignez-vous d'être abandonné, ou vous sentez-vous abandonné par quelqu'un et avez-vous rêvé que cette même personne vous quittait ? Dans ce cas, il se pourrait bien que votre esprit traite directement ces émotions. Cependant, regardez de plus près les caractéristiques de cette personne et à quoi celles-ci font écho en vous : ne sabotez-vous pas votre propre bien-être ? N'abandonnez-vous pas votre individualité ? Un rêve d'abandon peut vous aider à gérer vos émotions, en vous faisant prendre conscience que vous vous suffisez à vous-même, que vous êtes un être complet et que vos peurs sont injustifiées.

Grimper : cela fait souvent référence à un défi que l'on doit relever. Peut-être avez-vous le sentiment d'être face à une tâche insurmontable, ou il pourrait s'agir d'un obstacle plus grand encore, d'une sorte de challenge émotionnel ou physiologique. Ce rêve pourrait aussi représenter votre développement personnel : vous prenez de la hauteur, vous dirigez vers un lieu que vous pensez plus positif, plus grand, une conscience supérieure. Arrêtez-vous un instant sur votre environnement : faites-vous face à un chemin de randonnée facile ou à un mur d'escalade effroyablement haut ? Avancez-vous à un rythme assuré ou l'ascension est-elle pénible ? Ces différents éléments peuvent éclairer les circonstances qui entourent le défi que vous devez relever, que vous vous sentiez prêt à l'affronter ou que vous doutiez de vos capacités. Grimpez-vous seul ou avec d'autres personnes ? Si vous êtes accompagné, cela peut signifier que vous êtes soutenu dans votre ascension. Songez également aux diverses caractéristiques de ceux qui montent avec vous : elles pourraient être en lien avec vos propres traits de personnalité, ceux-là mêmes qui vous aideront à réussir.

Être poursuivi : voici un autre thème de rêve incroyablement répandu. Ce n'est pas surprenant, puisque l'expérience est en lien direct avec notre instinct de survie, la réponse combat/fuite. Il peut s'interpréter de plusieurs façons. Si, dans votre rêve, vous tentez d'échapper à une menace, cela pourrait représenter un danger que vous percevez (peu importe lequel) dans votre vie actuelle. Cela pourrait aussi faire référence à quelque chose de plus intime : essayez-vous de fuir certaines émotions ? Êtes-vous poursuivi par un traumatisme sous-jacent ? Penchez-vous sur les événements dans votre rêve. Savez-vous qui ou ce qui vous pourchasse ? Si c'est le cas, en quoi ses caractéristiques influencent-elles votre interprétation ? Si vous ne connaissez ni ne voyez la menace, cela pourrait suggérer que vous réagissez de manière disproportionnée à celle que vous percevez dans la vie, la rendant plus terrifiante que nécessaire.

Mort : bien que la mort puisse apparaître comme un thème de rêve terrifiant, en réalité elle ne l'est pas du tout. La mort doit survenir avant la renaissance, et rêver d'elle est typiquement le signe d'une grande transformation et d'un nouveau départ. Afin d'ouvrir un nouveau chapitre (ou d'adopter une nouvelle façon de penser), nous devons d'abord refermer le précédent. C'est sans doute une chose difficile et délicate à faire qui s'accompagne souvent d'un sentiment de deuil, mais la mort fait place au renouveau. Les détails qui entourent la mort survenue dans vos rêves devraient vous aider dans votre interprétation. Qui est mort ? Quelqu'un que vous connaissez personnellement, un inconnu, une célébrité ? Que représente cette personne dans votre vie ? À quel aspect de votre personnalité est-elle liée ? À quoi devez-vous dire adieu pour faire de la place à quelque chose qui vous profitera davantage ? Comment la personne est-elle morte et quelle a été votre réaction ? Si vous vous êtes senti submergé de chagrin, cela pourrait être le signe que les changements que vous vivez actuellement causent de grands bouleversements émotionnels. Si vous étiez en paix avec la mort, alors vous acceptez mieux la transformation et savez inconsciemment qu'un avenir meilleur vous attend.

Tromper/Infidélité : si vous êtes en couple et que vous rêvez que vous trompez votre partenaire, cela ne représente pas forcément un désir littéral de recherche d'intimité en dehors de votre relation actuelle - mais c'est possible ! Vous seul saurez si cela reflète une infidélité réelle ou espérée. Cela peut aussi révéler vos soupçons vis-à-vis de votre partenaire. Cependant, le plus souvent, l'infidélité dans vos rêves revêt un caractère bien plus symbolique. Peut-être que, face à une difficulté dans votre existence, vous êtes à la recherche d'une solution facile et instantanément gratifiante plutôt que de vous retrousser les manches et de faire le travail nécessaire. Manipulez-vous une situation ou dissimulez-vous certains éléments ? Réfléchissez aux événements dans votre rêve d'infidélité. Connaissiez-vous l'autre personne ? Était-ce un inconnu ? Quelles étaient ses caractéristiques et en quoi celles-ci peuvent-elles faire référence à certains aspects de votre propre personnalité ? Qu'avez-vous ressenti ? Étiez-vous ravi, coupable, anxieux, indifférent ? Prenez en compte tous ces éléments. Si vous êtes en couple et que vous avez trompé que votre partenaire dans votre rêve, mais que cela ne vous est pas apparu comme une infidélité, allez voir ce que dit la rubrique « Sexe » ci-dessous.

Sexe : ce thème s'accompagne souvent de beaucoup d'émotions et d'implications très personnelles, ce qui se retranscrit dans nos rêves et se trouve souvent amplifié par la nature étrange ou taboue des rencontres sexuelles que nous y faisons. Si vous avez rêvé que vous couchiez avec un collègue que vous trouvez mignon et pour qui vous avez un coup de cœur, il pourrait s'agir d'une manifestation littérale de vos désirs inassouvis. Toutefois, si vous savez que ce rêve sexuel n'est pas une représentation littérale de la réalité, mettez de côté la honte et l'embarras, et voyez plutôt les choses de manière symbolique. Bien qu'il y ait une relation physique dans votre rêve, votre inconscient ne fait que l'utiliser comme exutoire pour l'union ou l'intégration, plus intangibles, de qualités ou de traits de caractère. Songez à votre partenaire sexuel dans votre rêve : quelles qualités le définiraient ? Représentent-elles un trait de personnalité que vous souhaiteriez avoir ? Par exemple, si vous avez rêvé que vous couchiez avec un patron, peut-être cherchez-vous à être davantage une figure d'autorité dans votre propre vie. Rêver de coucher avec une personne que vous connaissez peut renvoyer au sentiment d'intimité que vous entretenez (platonique ou émotionnel), ou à un désir de former des liens plus étroits avec elle.

Être perdu : être perdu dans un rêve peut symboliser le sentiment d'être sans repères dans la vie. Peut-être la manière d'avancer ou le chemin a prendre ne sont pas clairement définis. Souvent, rêver que l'on est perdu est la manifestation d'une anxiété, donc réfléchissez aux domaines qui représentent actuellement un défi pour vous : vous êtes dépassé par un projet au travail et incertain de la façon dont vous allez le mener à bien, ou bien vous vous trouvez dans une relation qui peine à évoluer et doit se terminer. Si vous avez perdu quelqu'un dans votre rêve, songez aux caractéristiques de cette personne : pourraient-elles représenter une part de vous-même à laquelle vous devriez être plus connecté ? Si vous êtes à la recherche de quelqu'un que vous connaissez, peut-être vous avez-vous l'impression d'avoir perdu en intimité ou en affinités avec lui. Pensez également à ce que vous avez ressenti pendant le rêve : étiez-vous stressé et bouleversé, ou avez-vous pris les choses en main pour retrouver la personne que vous cherchiez ? Cela pourrait vous dire si vous vous sentez capable de prendre les rênes de votre existence.

Parler en public : parler en public implique de partager vos opinions ou votre savoir avec un auditoire. Avez-vous besoin de mieux communiquer ? Avez-vous le sentiment d'avoir non seulement des choses à dire, mais qu'elles doivent aussi être entendues ? Peut-être possédez-vous suffisamment de connaissances sur un sujet pour être prêt à les partager. Réfléchissez aux circonstances de votre rêve : le public était-il nombreux ou pas ? Était-il suspendu à vos lèvres et intéressé, ou les gens parlaient-ils entre eux ? Quel était le sujet de votre discours ? Étiez-vous neveux et mal assuré, ou confiant et détendu ? Cela pourrait vous aider à comprendre vos sentiments face à ce qui doit être dit.

Voleur : la première chose à déterminer lorsque vous rêvez d'un vol est si vous êtes le voleur ou si vous êtes victime d'un vol. Si vous êtes l'auteur, voyez s'il n'y a pas dans votre vie une relation où vous prenez plus que vous ne donnez. Ce rêve pourrait aussi représenter un manque : songez à ce que vous avez volé et à ce que cela signifie pour vous. Si on vous a volé, cela pourrait faire référence à un sentiment de trahison. Que vous a-t-on volé ? Connaissez-vous le voleur ? Ces éléments vous donneront des informations utiles pour votre interprétation.

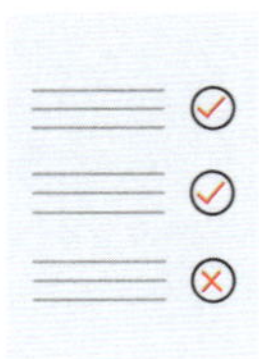

Examen : passer un examen en rêve traduit souvent le sentiment d'être testé ou mis à l'épreuve. Cela naît fréquemment d'une anxiété sous-jacente – sans doute avez-vous l'impression de ne pas être prêt à affronter quelque chose ou vous sentez-vous incertain de votre expérience, ou de vos connaissances. Prenez en compte les circonstances dans lesquelles se déroule ce test. Si vous l'avez survolé, sûr de l'avoir brillamment réussi, cela pourrait indiquer que vous savez que vous êtes capable de relever avec succès le défi auquel vous faites face actuellement. Passer un examen peut aussi symboliser le fait de se sentir évalué, soit par une force extérieure (un patron, un parent, un nouveau partenaire ou ami), soit par votre propre esprit critique. Examinez ce que vous avez ressenti en passant l'examen pour mieux comprendre comment interpréter votre rêve.

Victoire : dans un rêve, gagner un match, une compétition ou juste une tombola est un signe positif qui représente un sentiment de réussite. Vous vous sentez particulièrement confiant dans la vie ou êtes récompensé ou reconnu pour une de vos actions. Arrêtez-vous un instant sur ce que vous avez remporté : était-ce un match sportif que vous avez gagné grâce à votre supériorité athlétique ? Cela pourrait montrer que vous avez travaillé dur, affûtant vos compétences, et que vos efforts vont bientôt porter leurs fruits. Si vous avez gagné un tirage au sort ou un prix quelconque, vous pourriez avoir le sentiment de vivre une période de chance. D'un autre côté, cela pourrait signifier que vous avez l'impression de ne pas être digne de votre succès, que vous n'avez pas assez travaillé pour mériter votre bonne fortune.

Travail : la plupart des gens passent la majeure partie de leur temps au travail et, puisque notre cerveau a la tâche d'assimiler toutes les informations de notre journée durant la nuit, il est normal que notre métier fasse une apparition dans nos rêves. Il vous faudra d'abord décider s'il s'agit simplement de l'intégration des activités de la journée ou s'il faut rechercher un sens plus profond. Ce genre de rêve survient souvent à cause de l'anxiété générée par le travail. Si votre rêve se déroule sur un ancien lieu de travail, pensez à ce que ce poste signifiait pour vous ou en quoi il définit cette période de votre vie. Peut-être y a-t-il une leçon à retenir de votre passé qui peut s'appliquer à votre présent ou un lien émotionnel qui relie cette époque à votre vie actuelle.

Être en retard : c'est souvent la manifestation d'une anxiété. Cela pourrait signifier que vous avez un objectif en tête et que vous vous sentez frustré par votre incapacité à l'atteindre. L'explication pourrait aussi être plus littérale. Peut-être avez-vous le sentiment que le temps file, que ce soit concret (une échéance) ou plus existentiel (comme le tic-tac d'une horloge biologique). Prenez en compte les circonstances dans lesquelles se déroule votre rêve : y a-t-il quelque chose en particulier qui vous met en retard ? Est-ce un événement ou une personne ? S'il s'agit de quelqu'un, quels sont ses traits de personnalité ? Cela pourrait mettre en lumière les caractéristiques qui mettent en péril vos progrès dans votre vie actuelle.

Hauteur : en général, se trouver en hauteur dans un rêve suggère que nous adoptons une perspective plus large, qui nous permet de voir la configuration du terrain et ce qui se trouve au-delà de notre environnement immédiat. Cela peut aussi faire référence à une conscience supérieure. La hauteur peut également donner lieu à des expériences stressantes : aviez-vous peur de tomber ? Surplombiez-vous le vide, sur un rebord où il était impossible de garder votre équilibre ? Le chemin de montagne sur lequel vous vous trouviez devenait-il de plus en plus étroit ? Tout cela pourrait pointer du doigt l'anxiété que vous ressentez au sujet de votre développement personnel. Il n'est en effet pas toujours facile de devenir meilleur, ni de changer sa façon de penser pour prendre de la hauteur.

Guerre : la guerre est un conflit à très grande échelle et représente souvent les combats auxquels nous faisons face, qu'ils soient internes ou non. Un tel rêve peut clairement symboliser un conflit évident avec quelqu'un ou la manifestation de quelque chose de plus ancré dans l'inconscient – une lutte intérieure que vous menez contre vous-même. Pensez au rôle que vous jouiez dans votre rêve : participiez-vous aux combats ? Ou étiez-vous un simple civil dont la vie était impactée par le climat menaçant de la guerre et ses effets dévastateurs ? Cela pourrait expliquer votre rôle dans le conflit qui se joue actuellement, selon que vous êtes activement impliqué dans la bataille ou plutôt un simple observateur incertain de votre place dans cette guerre, ou de la façon dont vous pouvez y prendre part.

Difficultés techniques : souvent dans notre vie quotidienne, rencontrer des difficultés techniques est synonyme de perte de connexion ou source de mauvaise communication, ce qui nous rend frustrés et impuissants. Si vous rêvez que votre téléphone ne marche pas ou que vous n'avez plus d'Internet, cela pourrait indiquer que vous faites face à des difficultés de connexion dans la vie. Peut-être avez-vous le sentiment de ne plus être sur la même longueur d'onde que votre partenaire ou de ne pas être capable de dégager du temps pour vos amis. Nous prenons souvent la technologie pour acquise, jusqu'à ce qu'elle arrête de fonctionner. Ce rêve pourrait bien vous dire que votre inconscient fait l'expérience de sentiments similaires. Peut-être qu'une personne qui vous soutient habituellement n'était pas disponible alors que vous aviez besoin d'elle. De nos jours cependant, rêver de difficultés techniques peut aussi être quelque chose de très littéral. Personne ne veut en effet avoir à subir une réunion de travail sur Zoom sans pouvoir désactiver le filtre « chaton » qui a été mis par erreur. Demandez-vous donc si votre rêve n'est pas juste une façon pour l'inconscient de gérer le stress lié à l'utilisation quotidienne de la technologie et à notre dépendance au numérique dans presque tous les aspects de notre vie.

Naissance : elle symbolise l'arrivée de quelque chose de nouveau et est souvent liée à la créativité. Peut-être avez-vous couvé une idée créatrice et êtes-vous prêt à la faire venir au monde.

Ce pourrait aussi être une référence plus générale, une sorte de nouveau départ dans la vie.

Nourriture : la nourriture est ce qui nous maintient en vie ; aussi, quand nous en rêvons, peut-on souvent la considérer du point de vue de la nutrition et du soin de soi. Que dit votre rêve sur la façon dont vous prenez soin de vous ? Aviez-vous faim ? La nourriture était-elle abondante, délicieuse ou s'agissait-il d'aliments que vous n'aimez pas ? Dans quel environnement mangiez-vous ? Étiez-vous seul ou avec d'autres ? Tous ces éléments vont influencer votre interprétation. Peut-être un aspect de votre vie pourrait-il bénéficier d'un peu de sustentation – vous pourriez avoir besoin de davantage de temps pour vous-même ou être à la recherche d'un sens communautaire auprès des autres. Vous êtes satisfait de la façon dont vous prenez soin de vous ou avez le sentiment d'avoir pris trop de responsabilités qui ne vous satisfont pas suffisamment. Vous devriez également réfléchir à votre relation aux aliments. Manger est-il quelque chose que vous faites avec plaisir ou avez-vous un rapport conflictuel avec la nourriture ?

Embrasser : un baiser peut signifier beaucoup de choses dans la vie, tout comme dans nos rêves. Réfléchissez au type de baiser, aux circonstances dans lesquelles il a été échangé, à la personne que vous avez embrassée, ainsi que ce que ce baiser a évoqué en vous. Il peut renvoyer au désir et à l'intimité, ou simplement à l'amitié, ou à l'amour et l'affection de sa famille. Si le baiser dans vos rêves était romantique, cela pourrait signifier que vous cherchez à mettre un peu plus de passion dans votre vie amoureuse, que vous ayez un partenaire ou non. Si vous êtes en couple et que le baiser n'a pas été échangé avec votre partenaire (comme c'est assez souvent le cas), pensez aux qualités de cette personne. Voudriez-vous voir plus de ses traits de caractère dans votre propre couple ? Si le baiser était platonique, cela pourrait vouloir dire que vous êtes tout simplement à l'aise avec l'affection que vous recevez actuellement ou que vous en aimeriez davantage. Demandez-vous si vos amitiés ou vos relations auraient besoin d'un peu plus d'attention.

Faire ses cartons : cela peut représenter un changement qui se produit dans son existence. Voyez-le comme lorsque nous déménageons dans la vie, quittant une maison, un bureau, ou l'appartement d'un ancien amour. Cela annonce toujours un nouveau chapitre et peut avoir des connotations positives ou négatives. Faisiez-vous vos cartons ? Demandez-vous donc s'il se produit actuellement de grands bouleversements dans votre vie. Réfléchissez également à ce que vous avez ressenti : pour comprendre les émotions que suscitent chez vous de tels changements. Vous sentiez-vous anxieux et submergé, avec l'impression de ne pas avancer ou n'aviez-vous pas le matériel nécessaire ? Étiez-vous triste et nostalgique, le processus vous laissant un sentiment doux-amer ? Ou étiez-vous enthousiaste et motivé ? Cela pourrait dire que vous êtes conscient de préparer le terrain pour une nouvelle aventure passionnante et ambitieuse, quelle qu'elle soit.

Être pris au piège : cela peut être une représentation directe du fait de vous sentir prisonnier d'un aspect de votre vie. Peut-être vous sentez-vous coincé dans un travail ou une relation. Vous pourriez aussi être bloqué par un bagage émotionnel que vous êtes incapable d'abandonner ou par le manque de certaines compétences qui vous ouvriraient de meilleures opportunités professionnelles. Arrêtez-vous un instant sur l'environnement dans lequel vous étiez prisonnier : en quoi éclaire-t-il les circonstances actuelles ? Si quelqu'un vous a pris au piège, pensez à ce que cette personne représente et à quelle part de sa personnalité vous pourriez être relié. Vous êtes-vous échappé ? Si tel est le cas cela pourrait indiquer que vous savez avoir la détermination et la motivation nécessaires pour changer la situation.

Couper : si vous souffrez d'une coupure – qu'on vous l'inflige ou que vous vous infligez à vous-même –, cela renvoie souvent à une forme de douleur émotionnelle ou de traumatisme. La bonne nouvelle, c'est que vous semblez travailler à la surmonter. Une blessure doit se manifester pour pouvoir guérir. Si la douleur remonte à la surface, cela signifie que vous avez désormais la capacité de l'intérioriser et de la transformer. Si vous coupez quelque chose d'autre, comme une corde ou un objet, cela symbolise une sorte de rupture. Peut-être laissez-vous partir quelque chose qui ne vous est plus bénéfique – une relation, un traumatisme passé ou même une façon de penser. Quelle a été votre réaction lorsque l'objet a été coupé ? Avez-vous ressenti du soulagement ou était-ce une lutte douloureuse ? Ces éléments vous permettront de comprendre vos sentiments quant à la séparation que vous encouragez.

Danser : danser peut revêtir plusieurs significations, pratiquement toujours positives. C'est une forme de célébration, d'expression et un moyen de lâcher prise. C'est aussi un acte qui peut se révéler incroyablement sexy, inspirant des sentiments de désir. Réfléchissez au type de danse dans votre rêve : dansiez-vous ou regardiez-vous les autres danser ? Étiez-vous seul ou en groupe ? Dans quel environnement vous trouviez-vous et quel sentiment cela a-t-il suscité chez vous ? Rêver de danser peut être le signe que vous cherchez à vous détendre. Si vous dansiez avec un partenaire, vous pourriez être d'humeur à faire des rencontres. Si vous dansiez seul, vous vous êtes sans doute totalement réalisé et êtes maître de votre expression et de votre sexualité.

Conduire : c'est être aux commandes, avoir le contrôle. Dans un rêve, c'est similaire. Prenez en compte les différents éléments : étiez-vous le conducteur ? Conduisiez-vous vite ou lentement ? La route était-elle facile ou dangereuse ? Vous sentiez-vous stressé ou à l'aise ? Peut-être la vie va-t-elle trop vite pour vous ou vivez-vous à cent à l'heure. Si vous étiez incertain de la direction à prendre, ce rêve pourrait représenter vos sentiments sur le chemin de vie que vous empruntez. Si les freins ou le volant ne fonctionnaient pas, peut-être que vos actions dans la vie n'aboutissent pas aux résultats escomptés. Si quelqu'un d'autre était au volant, interrogez-vous sur les qualités de cette personne et sur le fait que vous soyez capable de vous en servir pour avoir plus de contrôle sur votre vie actuelle.

La scène : lorsque l'on rêve de la scène, cela nous dit souvent quelque chose sur nos sentiments concernant notre performance dans la vie ou ce que l'on recherche. La prestation en elle-même, votre succès et vos impressions sont les éléments qui vous en révéleront le plus sur la signification de ce type de rêve. Êtes-vous confiant sur scène ? Le public est-il nombreux ? Vous répond-il ou vous ignore-t-il ? Peut-être désirez-vous ardemment plus de visibilité dans un domaine de votre vie et sentez-vous que vous êtes prêt. Si votre prestation est stressante, ou si vous n'êtes pas bon et suscitez la colère du public, cela pourrait signifier que vous avez peur de l'échec et qu'être plus visible vous fait douter de vos capacités.

Nager : si l'eau représente nos émotions, nager en rêve symbolise souvent la manière dont nous gérons celles-ci. Vous trouvez-vous dans une piscine peu profonde ? Cela pourrait faire référence au fait que cette émotion est facile à comprendre
et que vous vous sentez capable de la gérer. Nagez-vous dans la mer, vous débattant au milieu d'un vaste océan émotionnel ? Voyez si vous nagez avec puissance, fendant l'eau à pleine vitesse, ou si vous faites du sur-place ou que vous nagez à contre-courant. Cela pourrait vous aider à comprendre le voyage que vous entreprenez : vous êtes confiant dans votre exploration émotionnelle, vous débutez l'analyse de sentiments épineux ou résistez au processus d'introspection.

Uriner : cela pourrait simplement signifier que notre corps sait qu'il doit aller aux toilettes et que notre cerveau traite l'information. Sinon, vous pouvez considérer l'expérience de manière symbolique. Fonction physiologique, l'acte d'uriner est une manière pour le corps de traiter les déchets. Rêver que vous urinez pourrait faire écho à un processus de nettoyage entamé dans votre vie. Peut-être dites-vous adieu à quelque chose qui ne vous apporte plus aucun bénéfice, ou devriez-vous le faire. Arrêtez-vous un instant sur les sentiments que cela a évoqués en vous : étiez-vous embarrassé ou soulagé ? Qu'en est-il des circonstances ? Cherchiez-vous désespérément un endroit où uriner ? Il est sans doute urgent pour vous d'avancer, mais que vous manquez de confiance pour le faire.

Défécation : selon le contexte, rêver de défécation peut avoir plusieurs sens. Avez-vous ressenti un soulagement ? Était-ce une expérience positive ? Tout comme le fait d'uriner, cela pourrait symboliser le fait que l'on se débarrasse de déchets – sans doute laissez-vous partir quelque chose qui vous pesait. Si l'expérience était embarrassante, ou si gérer les conséquences de cette action était quelque chose de gênant, cela pourrait montrer que vous faites face à des problèmes dans votre vie actuelle. Si votre rêve était consacré à la défécation d'une autre personne, cela signifie que vous êtes touché par les difficultés rencontrées par quelqu'un d'autre. Ses problèmes débordent probablement sur votre propre vie. S'il y avait des toilettes dans votre rêve, penchez-vous également sur la signification d'un tel environnement.

Prendre un bain : dès lors que nous rêvons de prendre un bain (ou de baigner quelqu'un d'autre), la signification est complexe. Cela peut renvoyer tout d'abord au fait de nettoyer, de purifier : comme l'eau représente nos émotions, se baigner peut symboliser une purification émotionnelle. Peut-être effectuez-vous un travail sur des sentiments profondément enfouis et ressentez-vous les effets purifiants de ce lâcher-prise. Penchez-vous sur les circonstances de ce bain : la scène se déroulait-elle dans une salle de bains ou dans la nature ? Étiez-vous seul ou y avait-il d'autres personnes autour de vous ? Étiez-vous nu ou vêtu ? Cela pourrait vouloir dire que vous n'êtes pas prêt à affronter la vulnérabilité requise pour le travail émotionnel que vous êtes en train de faire. Tous ces éléments aideront à mettre en contexte la façon dont vous vivez cette purification émotionnelle.

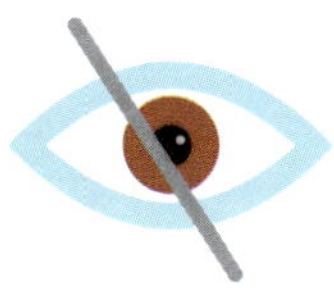

Se cacher : réfléchissez au contexte de ce rêve pour en comprendre la signification. Vous pourriez vous cacher de quelque chose dans votre vie actuelle ou dissimuler certains aspects de vous-même aux autres. Si vous cachez d'autres personnes, demandez-vous en quoi leurs caractéristiques sont représentatives de votre personnalité. Si vous cachez un objet, regardez ce que sa symbolique peut vous apprendre. Ce que vous avez ressenti dans votre rêve vous donnera enfin des informations sur ce qu'il signifie.

OBJETS ET ÉVÉNEMENTS

Le symbolisme des rêves est vaste et en perpétuel changement. Il est presque impossible de répertorier tous les éléments qui peuvent surgir dans un rêve et leur signification. Cette section du livre est un petit catalogue d'objets ou d'événements qui apparaissent régulièrement dans notre vie onirique, même s'il ne fait qu'effleurer la surface.

SYMBOLISME GÉNÉRAL

Si travailler sur le rêve est quelque chose que vous aimez et qui vous apporte beaucoup, vous pourriez investir dans un dictionnaire plus grand qui vous donnera un plus large éventail de définitions. Cependant, cette sélection est suffisante pour démarrer et vous donne de solides fondations sur lesquelles baser votre travail d'interprétation. Les éléments listés vont de petits (voir : Bonbons) à grands (voir : Avion), mais tous ont une symbolique qui viendra compléter votre interprétation.

INTERPRÉTATION PERSONNELLE

Comme cette partie couvre un large éventail d'objets et d'événements, certaines définitions nécessiteront que vous y appliquiez plus d'interprétation personnelle que les autres. Ainsi, une porte, par exemple, a plutôt une signification universelle, mais les sentiments qu'évoquent pour vous les bonbons pourraient avoir un symbolisme unique en apparaissant dans votre rêve. Comme toujours, utilisez ces rubriques comme point de départ, et, lorsqu'il vous semble approprié d'inclure votre connexion personnelle ou votre réaction émotionnelle à l'objet, assurez-vous d'explorer cet aspect-là des choses.

ABONDANCE

ARGENT

ASSOCIÉ À LA PROSPÉRITÉ, À LA LIBERTÉ ET AU POUVOIR

ÉMOTIONS

BAGAGES, TUNNEL, RAZ-DE-MARÉE, MUSIQUE, GLACE

ASSOCIÉS AU TRAVAIL D'INTROSPECTION

PROGRÈS

ESCALIER, ÉCHELLE

ASSOCIÉS À L'ASCENSION ET À LA DÉTERMINATION

RENOUVEAU

PORTE, ŒUF, FLEURS, CADEAUX

ASSOCIÉS AUX NOUVEAUX CHAPITRES

TRANSPORT

AVION, BATEAU, BUS, VOITURE

ASSOCIÉS AU CONTRÔLE ET AUX AVANCÉES

EXPRESSION DE SOI

VÊTEMENTS, DENTS

ASSOCIÉS À LA PERCEPTION ET À LA COMMUNICATION

PRISE DE CONSCIENCE

EXTRATERRESTRES, MÉDICAMENTS

ASSOCIÉS À L'EXPLORATION MENTALE ET ÉMOTIONNELLE

PROTECTION

SAC À MAIN, CHAUSSURES, CHAPEAU **ASSOCIÉS À LA PROTECTION ÉMOTIONNELLE**

TRANSFORMATION

FEU, TREMBLEMENT DE TERRE

ASSOCIÉS AUX SECOUSSES ÉMOTIONNELLES

Avion : les véhicules de transport représentent souvent la façon dont nous parcourons la vie. Un avion renvoie à un changement majeur qui se produit de manière accélérée. Il s'agit sans doute d'un bouleversement que nous avons le sentiment de ne pas contrôler (à moins, bien sûr, que nous ne pilotions l'avion). Souvent, nous ne sommes que de simples passagers, embarquant à un endroit et descendant à un autre, sans maîtrise réelle du temps qui s'est écoulé entre les deux événements. Demandez-vous si vous vivez actuellement un changement ou un bouleversement. Examinez ce que le vol vous a fait ressentir dans votre rêve (étiez-vous anxieux ou détendu ?) afin de voir si cela peut éclairer la situation que vous vivez. Un avion est aussi synonyme de nouvelles aventures : votre inconscient intériorise peut-être votre désir de changer d'air ou de faire de nouvelles expériences.

Sang : le sang peut être lié à de nombreuses émotions. Le sang qui coule dans nos veines nous garde en vie, le voir en dehors du corps peut donc être une expérience aussi choquante que bouleversante. Cela dépend bien entendu des circonstances, de la quantité de sang et du type de rêve. Par exemple, un rêve dans lequel il est question de blessure et d'une perte massive de sang (un traumatisme soudain) aura un sens différent pour une femme qui rêve de règles (un événement naturel et régulier). Cependant, le sang est en général pour notre esprit un symbole de force vitale et d'énergie. Étiez-vous celui qui perdait du sang ? Peut-être vous sentez-vous affaibli et auriez-vous besoin de trouver un moyen de booster votre énergie. Quelqu'un prélevait-il votre sang ? Songez aux caractéristiques de cette personne et voyez si celles-ci représentent un élément de votre personnalité qui pourrait vous vider de votre énergie. Si cela ne vous semble pas cadrer avec la situation, pensez au rôle que la personne joue dans votre vie et demandez-vous si cette relation vous semble épuisante.

Bateau : un autre mode de transport qui symbolise la façon dont nous traversons la vie. Comme l'eau représente nos émotions, se trouver sur un bateau en rêve est souvent la manifestation d'une forme de navigation émotionnelle. Réfléchissez au type de bateau sur lequel vous voguiez (embarcation vétuste ou yacht étincelant), à la difficulté ou facilité avec laquelle il avançait, ainsi qu'à l'eau : des eaux calmes et claires suggèrent une stabilité émotionnelle, tandis que des vagues tumultueuses et houleuses indiquent une sorte de bouleversement émotionnel.

Livres : symboles de sagesse, de savoir et d'information fiable. Bien qu'aujourd'hui nous lisions et nous informions en grande partie sur des écrans, les livres incarnent l'autorité, la vérité et la permanence dans la conscience collective, même si, bien sûr, cela n'est pas toujours le cas. Si un livre apparaît dans votre rêve, il représente certainement quelque chose que vous avez besoin de savoir ou que vous voulez connaître. Le fait que vous vous trouviez dans une librairie (où la connaissance s'achète) ou une bibliothèque (où la connaissance se partage) mettra en lumière la méthode que vous utilisez pour acquérir cette connaissance : un échange transactionnel avec un gardien qui détient les clefs du savoir ou votre communauté détient-elle la réponse ?

Pont : quand un pont apparaît dans nos rêves, il représente une connexion, un lien entre deux endroits. Peut-être faites-vous face à un obstacle et savez-vous que vous allez trouver un moyen de le surmonter. Un pont peut aussi symboliser une transition ou un passage : vous quittez un endroit pour arriver à un autre, soit physiquement, soit émotionnellement (ce qui pourrait être particulièrement vrai si dans votre rêve le pont enjambe de l'eau). Arrêtez-vous un instant sur le type de pont qui est apparu dans votre rêve. Est-il brinquebalant et dangereux, indiquant que votre chemin de transition n'est pas facile ? Ou est-ce une construction en acier étincelant qui représenterait alors une fondation stable, solide et inébranlable que vous pouvez aisément traverser en toute confiance pour atteindre de nouveaux territoires ?

Bus : un bus représente notre façon de traverser la vie. Un trajet en bus se fait en compagnie de nombreuses autres personnes, il peut donc symboliser le chemin sur lequel nous marchons avec nos proches. Nous abandonnons le contrôle en prenant un bus, comme pour un avion. Nous laissons le soin de la navigation au chauffeur. Attardez-vous sur les autres passagers : les connaissiez-vous ou pas ? Vous aidaient-ils dans votre voyage ou étaient-ils indifférents ? Quels traits de caractère représentaient-ils ? Symbolisaient-ils différents aspects de votre personnalité et en quoi influençaient-ils le chemin que vous vous apprêtez à suivre. Songez également à vos émotions à bord du bus : étiez-vous satisfait de laisser quelqu'un d'autre conduire ? Ou étiez-vous anxieux d'arriver à l'heure à votre arrêt ? Tous ces éléments influenceront votre interprétation.

Voiture : elle représente aussi la façon dont vous traversez votre vie, mais à un niveau plus personnel, plus individuel. La chose principale à déterminer est si vous conduisez ou non, et ce qu'être en position conducteur ou passager évoque pour vous. Si vous faites la route avec confiance, c'est que vous êtes probablement satisfait de votre chemin actuel. Vous savez où vous allez et comment arriver à bonne destination. Si, au contraire, vous vous sentez anxieux et incertain, vous pourriez avoir des sentiments similaires concernant vos choix de vie actuels. Le type de voiture que vous conduisiez a également son importance. Le véhicule était-il vieux et usé, ou neuf et fiable ? Y avait-il d'autres passagers avec vous ? Quelles étaient les conditions de route ? Une route fluide et droite indique que votre cheminement est facile, tandis qu'une route émaillée de virages et à la visibilité limitée est révélatrice d'un cheminement plus difficile et un peu terrifiant.

Vêtements : au quotidien ce sont souvent une extension de notre moi profond. Véritable moyen d'expression de soi, ils sont aussi un outil pour nous présenter au monde extérieur et manipuler la façon dont on nous perçoit. Dans un rêve, ils ont le même but. Si vos vêtements étaient mémorables, ils valent la peine d'être interprétés. Vos habits étaient-ils vieux ou neufs ? Étiez-vous très habillé ou plutôt décontracté ? Porter des vêtements visiblement déguenillés pourrait montrer que vous avez le sentiment d'être mal perçu, tandis qu'une tenue neuve signifie que vous avez mûri en tant que personne et êtes prêt à le dire au monde entier. Étiez-vous en train de changer de tenue ou cherchiez-vous quelque chose à vous mettre ? Dans ce cas, vous pourriez être actuellement en train de réfléchir à la façon dont vous pouvez vous présenter de manière authentique alors que vous évoluez et changez. Si vous portiez la mauvaise tenue par rapport aux circonstances, ce pourrait être votre inconscient qui intériorise votre impression de ne pas réussir à vous intégrer ou de ne pas être à votre place. Quant à un déguisement, il pourrait faire référence au fait que l'image que vous présentez au monde n'est pas authentique et ne correspond pas à ce que vous êtes réellement.

Porte : elle nous permet de passer d'une pièce à l'autre, à un endroit qui, sans elle, serait inaccessible. Rêver d'une porte parle de nouveaux chapitres et d'opportunité. Cependant, il est également important de réfléchir à la position de la porte et à votre façon d'agir. La porte est-elle ouverte ou fermée ? Si elle est fermée, essayez-vous d'en tourner la poignée ? Est-elle fermée à clef ou s'ouvre-t-elle ? Cela pourrait être une indication de la manière dont vous appréhendez les opportunités qui se présentent à vous. Vous pourriez être bloqué et ne pas les saisir (porte verrouillée), ou prêt à franchir le seuil (porte ouverte). Si vous vous trouvez dans une pièce avec de multiples portes, cela pourrait faire référence aux nombreuses options qui s'offrent à vous. Réfléchissez à la porte que vous avez choisie et aux raisons de votre choix, ainsi qu'à ce que vous avez ressenti quand vous l'avez ouverte.

Clôture : c'est une limite dans la vie et, dans un rêve, le symbole est le même. Avant tout, où vous trouviez-vous par rapport à cette palissade ? Si vous étiez à l'intérieur, elle représente une limite que vous avez posée dans votre vie. Si vous étiez à l'extérieur, cela pourrait faire écho à un obstacle ou à une limite créés par quelqu'un d'autre. La clôture est-elle solide et stable, en fer ? Ou vieille et usée, faite d'un bois pourrissant ? Si vous érigez la clôture, cela pourrait indiquer que vous explorez actuellement vos propres limites et que vous apprenez à les imposer.

Feu : dans la vie, le feu peut prendre de nombreuses formes – il peut être un feu de camp chaleureux, un mode de cuisson, ou un élément de destruction qui réduit tout en cendres. Il peut également revêtir différentes significations dans nos rêves.
Si le feu joue un rôle important dans votre rêve, pensez à ce qui est en train de brûler et à sa signification. Le feu est-il petit et contenu, ou grand et hors de contrôle ? Le feu peut renvoyer à la colère et à la passion, des émotions enflammées que notre inconscient tente de gérer. Avez-vous délibérément allumé le feu pour brûler quelque chose ? Qu'est-ce que cela symbolise ? Votre maison a-t-elle brûlé ? Dans ce cas, réfléchissez aux émotions passionnées qui font des ravages en vous. Le feu peut aussi représenter une transformation totale : raser quelque chose complètement pour reconstruire de zéro.

Fleurs : les fleurs sont parmi ce que la nature a de plus beau. Lorsqu'elles apparaissent dans un rêve, c'est pratiquement toujours bon signe. Si elles poussent dans la nature ou dans un jardin, elles peuvent représenter un épanouissement. Si ce sont des fleurs sauvages, cet épanouissement pourrait bien émerger de votre inconscient. Si elles sont dans un jardin, il pourrait être le résultat d'un changement que l'on a davantage cultivé et qui nécessite beaucoup de soin. Les fleurs coupées sont souvent associées à un événement – pensez à l'occasion et, si vous avez reçu un bouquet, à la personne qui vous l'a offert. Vous pouvez également utiliser les couleurs et le type de fleur pour approfondir votre interprétation. Les roses rouges, par exemple, sont symboles d'amour et de romance ; les soucis, avec leur teinte orange vif, évoquent la chaleur et le bonheur.

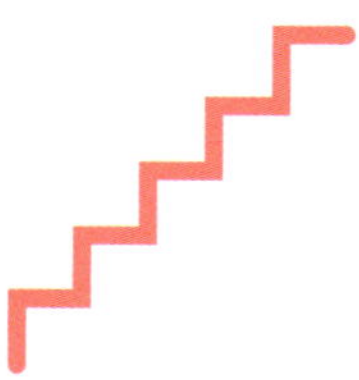

Escalier : tout comme l'ascenseur dans un rêve représente l'endroit où notre chemin de vie nous mène, un escalier nous dit si nous sommes en pleine ascension ou si nous avons le sentiment d'amorcer une descente. Réfléchissez au nombre de marches qu'avait l'escalier dans votre rêve, ainsi qu'à votre difficulté à les franchir. Si vous êtes monté d'étage en étage quatre à quatre, vous avez sans doute le sentiment d'aller de l'avant sans rencontrer trop d'obstacles (cela pourrait aussi dire que vous avez l'impression de ne pas mériter votre succès).
Si les escaliers vous ont paru sans fin et que vous avez dû vous

arrêter à chaque palier pour reprendre votre souffle, vous pourriez faire face à des difficultés majeures, mais continuez à avancer avec une grande détermination. Songez aussi à l'endroit où se trouvaient les escaliers. À la maison, ils représentent sûrement votre vie familiale ou votre succès personnel. Au travail, ils renvoient peut-être spécifiquement à votre profession ou à votre carrière.

Cadeau : lorsque l'on nous offre un cadeau ou que l'on en fait un à quelqu'un, c'est bien souvent une expérience positive. Le sentiment est le même quand un cadeau fait son apparition dans un rêve. Il symbolise l'arrivée de quelque chose de bon, ainsi que les sentiments d'abondance et de gratitude. Si le cadeau vous a été fait par une personne en particulier, penchez-vous sur les traits qui la définissent. Ce pourrait être ces mêmes traits qui, dans votre personnalité, aident à créer un tel sentiment d'abondance. Si vous étiez à l'origine du cadeau, demandez-vous ce que vous pourriez introduire dans votre vie qui pourrait donner à quelqu'un un aussi grand sentiment d'être apprécié et aimé. Si vous rencontrez actuellement des difficultés, votre inconscient pourrait bien vous rappeler, avec un cadeau dans vos rêves, que chaque revers s'accompagne de l'opportunité d'y faire face avec force et grâce, un véritable cadeau en soi.

Lunettes : pour une personne qui en porte habituellement, rêver de lunettes pourrait être une expression plutôt littérale. Votre cerveau pourrait assimiler votre peur de les perdre ou reconnaître votre besoin d'en changer bientôt. Cependant, même pour une personne qui porte des lunettes, voir des lunettes dans un rêve peut prendre un sens symbolique. Elles sont liées à une meilleure vue et en rêver, c'est voir plus clairement le chemin devant soi. D'un autre côté, si la prescription des lunettes de votre rêve est mauvaise, elles peuvent faire référence à votre vision troublée du futur. Vous souhaitez regarder droit devant, mais vous avez l'impression de ne pas voir où vous allez.

Arme à feu : les armes ayant une signification différente pour chaque individu, votre ressenti va influencer votre interprétation du rêve. Si vous pratiquez la chasse, votre réaction sera différente de celle d'un pacifiste, qui n'a jamais touché une arme de sa vie. Mais les armes représentent en général le pouvoir et le contrôle. Celui qui les a entre les mains a les pleins pouvoirs. Cependant, vous devriez prendre en compte le contexte de votre rêve : l'arme était-elle utilisée ou existait-elle simplement ? A-t-on tiré avec une intention de violence ou seulement pour s'amuser ? Si vous aviez l'arme, qu'avez-vous ressenti ? Si une autre personne détenait l'arme, quels sont les traits qui la définissent et ces mêmes traits chez vous ont-ils pris le contrôle d'une situation ? Ou pourraient-ils contribuer à vous donner un sentiment de contrôle ?

Chapeau : nous nous couvrons la tête pour un certain nombre de raisons : protection, style, chaleur et même parfois pour camoufler une coupe de cheveux. D'un point de vue énergétique, porter un chapeau peut aussi protéger, en particulier les personnes empathiques qui sont très sensibles à l'énergie que dégagent ceux qui les entourent. C'est cet aspect-là qui surgit dans nos rêves de chapeau. S'il est sur votre tête, demandez-vous si votre inconscient essaie de vous protéger de quelque chose ou de quelqu'un. Ou, alors, votre énergie ne déborde-t-elle pas de partout ? Dans ce cas, internaliser cette énergie et essayer de la contenir pourraient vous être bénéfiques. Un chapeau symbolise aussi les pensées et les idées. Étiez-vous en train d'en essayer un nouveau ? Ou peut-être un ancien ? Qu'avez-vous ressenti ? Cela pourrait montrer que votre vision des choses est en train de changer ou que d'anciens schémas de pensées vous affectent aujourd'hui. Votre réaction dans le rêve va vous aider à interpréter vos sentiments sur ces bouleversements.

Glace : comme les émotions sont représentées par l'eau, la glace peut symboliser le fait qu'elles soient figées, tels des sentiments que vous avez « gelés », ce qui vous empêche de les faire couler en vous comme de l'eau. Réfléchissez à la forme et au rôle de la glace dans votre rêve. Certains de vos sentiments actuels, liés à votre existence ou à une relation en particulier, ne pourraient-ils pas bénéficier d'un peu de chaleur et de soleil pour fondre ? La glace peut aussi faire écho au sentiment de vous retrouver figé, incertain de la manière de puiser à nouveau dans le « flot » de la vie.

Échelle : nous parlons souvent de « grimper à l'échelle sociale » et, lorsqu'une échelle apparaît dans un rêve, le sens peut être le même, mais dans plusieurs domaines. On s'en sert généralement pour accéder à un endroit situé plus haut. L'utiliser dans ses rêves peut signifier que vous parvenez à de nouveaux sommets ou que vous faites le nécessaire pour atteindre vos objectifs, tant professionnels que personnels ou même spirituels. Attardez-vous un instant sur l'état de l'échelle : est-elle solide et stable, ou fragile et brinquebalante, avec quelques barreaux en moins ? Êtes-vous confiant en y montant ou craignez-vous de tomber ? La réponse à ces questions vous aidera à interpréter l'ascension que vous avez entreprise dans la vie. Une échelle apparaît dans vos rêves mais vous n'y montez pas : ignorez-vous un chemin qui vous mènerait vers le succès, décidant au contraire de rester là où vous êtes ? Une autre opportunité pourrait-elle vous offrir une ascension intéressante ?

Argent : c'est un symbole typique d'abondance, mais vous devez aussi prendre en compte votre rapport à l'argent (souvent chargé d'un certain bagage émotionnel) et la façon dont il est apparu dans votre rêve. Dans la vie, l'argent nous permet de nous offrir des choses matérielles, mais nous donne aussi des bénéfices moins tangibles comme des ouvertures, la sécurité, le pouvoir et la liberté. Lors de votre interprétation, songez davantage à l'argent en ces termes. Réfléchissez également au contexte de votre rêve : y avait-il beaucoup d'argent ? Appartenait-il à vous ou à quelqu'un d'autre ? En profitiez-vous simplement, aviez-vous peur de le perdre ou essayiez-vous de le prendre à quelqu'un ? Plutôt que de voir l'argent de manière littérale, demandez-vous si vous éprouvez un sentiment d'abondance ou non dans votre vie. Dans les rêves, l'argent peut représenter la richesse, qu'il s'agisse de l'amour dans votre relation, d'une communauté qui vous soutient, ou de projets créatifs qui nourrissent votre âme.

Musique : pendant nos heures d'éveil, la musique a le pouvoir unique d'entrer véritablement en contact avec notre vie émotionnelle. Elle peut susciter la joie et l'allégresse, et nous inspirer à bouger notre corps. Elle peut évoquer des souvenirs et nous aider à surmonter la peine. Si elle apparaît dans nos rêves, elle peut aussi être considérée comme un flot d'énergie. Avez-vous entendu de la musique ou en jouiez-vous d'un instrument ? Qu'avez-vous ressenti ? Était-ce trop fort et stressant, ou amusant et exubérant ? Interprétez l'aspect émotionnel de la musique, en relation avec le symbolisme des autres éléments présents dans votre rêve.

Médicaments : les médicaments peuvent signifier plusieurs choses dans un rêve. Considérez d'abord le sentiment qu'ils suscitent chez vous habituellement - des émotions parfois compliquées. Certaines personnes les conçoivent en effet comme un moyen d'élargir leur champ de conscience, quand d'autres y voient un fléau social. Pour vous, il s'agit sans doute des deux à la fois. Ils peuvent être perçus comme thérapeutiques ou synonymes de maladie. Quels que soient vos sentiments sur le sujet, d'un point de vue symbolique, ils représentent un changement soudain que vous choisissez d'initier. Peut-être êtes-vous à la recherche d'un changement rapide dans votre vie actuelle – une solution immédiate à un problème ou un raccourci vers un nouveau mode de pensée. Réfléchissez aux effets des médicaments dans votre rêve : était-ce une chose positive vers laquelle œuvrer ou un raccourci emprunté par votre inconscient pour vous faire comprendre vos besoins, qu'il s'agisse d'une plus grande énergie ou de plus de relaxation.

Sac/Sac à main : lorsque nous emportons un sac avec nous dans la vie, c'est pour avoir nos indispensables à portée de main, que ce soit un portefeuille, un porte-monnaie, un téléphone, ou même tout simplement du baume à lèvres. Ce que nous y transportons nous rassure : grâce à son contenu, nous nous sentons prêts et parés à toute éventualité. Ces mêmes sentiments se transcrivent dans le symbolisme du rêve où apparaît un sac. Réfléchissez à la taille du sac et demandez-vous s'il vous encombre ou s'il vous donne une impression d'efficacité. Cela pourrait faire écho au fait d'être préparé dans la vie. Si votre sac est grand et rempli de choses inutiles, sans doute vous donnez-vous trop de mal pour vous préparer à quelque chose, et capituler serait une meilleure option. Si votre sac a été volé ou perdu, voyez si vous ne vous sentez pas très mal préparé ou anxieux face à l'avenir. Songez aussi à ce qu'il y a dans le sac et aux symboles des différents objets qu'il renferme.

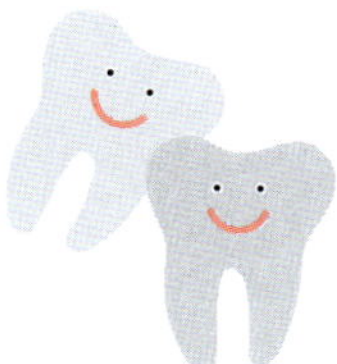

Dents : perdre ses dents dans un rêve est une expérience particulièrement dérangeante, et un thème très banal. Un tel rêve se produit après un stress ou une anxiété en lien avec plusieurs choses. Tout d'abord, les dents représentent la sécurité – notre capacité à nous nourrir et à entrer en relation avec les autres grâce à l'expressivité de notre bouche. Cependant, comme pour tout ce qui est en rapport avec la bouche, les dents peuvent aussi faire référence à la communication. Pensez à la façon dont vos dents étaient représentées : n'aviez-vous qu'une seule dent qui bougeait ou sont-elles toutes sorties de votre bouche à la fois ? Cela pourrait vous en apprendre davantage sur l'intensité de vos sentiments. Peut-être avez-vous perdu un peu de pouvoir ou vous sentez-vous actuellement submergé par un sentiment d'insécurité. Y a-t-il eu un changement récent dans votre vie qui vous donne l'impression que vous êtes incapable de subvenir à vos besoins ? Vous pourriez craindre de dire des bêtises ou être honteux au sujet d'une grosse erreur de communication. Pensez aux domaines de votre vie dans lesquels le fait de parler ou la façon de vous exprimer pourraient vous rendre nerveux. Les rêves de dents peuvent aussi inspirer une interprétation beaucoup plus littérale : de nombreuses personnes redoutent une visite chez le dentiste et ce pourrait simplement en être l'expression inconsciente.

Montagnes russes : les montagnes russes sont faites de sommets, de descentes soudaines et de virages en épingle, ce qui est à la fois terrifiant et grisant. Cela peut être le cas dans la vie également : nous prenons des tournants inattendus, connaissons des sommets euphorisants, des chutes vertigineuses et passons par toute une gamme d'émotions. Demandez-vous ce que vous avez ressenti sur ces montagnes russes. Aviez-vous choisi d'y monter ou vous a-t-on forcé ? Étiez-vous seul ou entouré de vos proches ? Ces sentiments que vous avez éprouvés vont révéler la façon dont vous gérez les hauts et les bas de votre vie actuelle.

Chaussures : se retrouver pieds nus dans un rêve a des implications sur ses sentiments d'ancrage ou de vulnérabilité. Les chaussures protègent les pieds et, selon le type, nous aident à avancer sur notre route. Celles que vous portiez étaient-elles adaptées au sol sur lequel vous marchiez ? Si vous aviez des talons hauts ou des tongs sur un chemin de randonnée pentu et rocailleux, cela pourrait indiquer que vous vous sentez mal préparé pour progresser sur le chemin que vous avez choisi. Si vous portiez des baskets confortables sur une route lisse et plate, vous pourriez avoir tout ce dont vous avez besoin pour continuer à avancer avec confiance et détermination. Comme les vêtements, les chaussures sont un moyen d'expression, gardez donc cela à l'esprit en travaillant à votre interprétation. Si vous portiez des chaussures complètement inadaptées, mais qu'elles étaient très colorées ou originales, vous devriez examiner en quoi la façon dont vous vous présentez au monde vous dessert ou vous aide à avancer sur le chemin que vous tentez de vous frayer.

Gratte-ciel : si vous êtes quelqu'un que l'avancement de carrière motive, un gratte-ciel pourrait être un symbole d'ambition. D'un autre côté, si le capitalisme et le corporatisme sont pour vous sources d'inquiétude, rêver d'un gratte-ciel pourrait faire écho à quelque chose de plus subtil – un signe d'oppression ou de trahison. Prenez en compte votre état émotionnel en réaction au gratte-ciel : étiez-vous à l'extérieur, levant les yeux pour le regarder ? Ou à l'intérieur, et à quel étage ? Étiez-vous satisfait de vous trouver là ou essayiez-vous d'accéder à un étage supérieur ? Comme l'ascenseur, un bâtiment peut représenter nos niveaux de conscience. Si vous vous trouviez dans les derniers étages du gratte-ciel, cela pourrait refléter le développement personnel ou spirituel que vous avez le sentiment d'avoir accompli.

Réveil : le temps est un concept social qui régit nos heures d'éveil. Nos journées sont remplies de rendez-vous et de réunions, nos agendas débordent d'endroits où nous devons être à des horaires donnés. En fait, le temps est notre bien le plus précieux et, quand un réveil apparaît dans nos rêves, il peut être la manifestation de tout cela à la fois. Quel rôle jouait le réveil dans votre rêve ? Était-il source de stress ? Vous pourriez avoir le sentiment que le temps vous file entre les doigts, soit de manière spécifique (une échéance professionnelle qui approche à grands pas), soit d'une façon plus existentielle (avez-vous l'impression que la vie passe trop vite ? Vous devriez trouver des moyens de lever le pied). Si le réveil n'était pas stressant, mais simplement informatif, ce pourrait être une expression inconsciente de votre besoin de noter où vous en êtes dans la vie et de vous assurer d'accorder du temps aux choses qui vous paraissent les plus importantes.

Œuf : les circonstances dans lesquelles les œufs apparaissent dans vos rêves vont en affecter l'interprétation. Si vous étiez en train de les cuisiner ou qu'ils étaient là pour être mangés, référez-vous à la rubrique sur la nourriture. Si l'œuf attendait d'être couvé, vous pouvez le considérer comme le symbole d'un nouveau départ, ou une forme de naissance. Réfléchissez au type d'œuf et au fait qu'il était ou non éclos. Si oui, quelle minuscule créature en a-t-elle émergé ? Un œuf peut faire référence à une idée ou à un projet créatif, voire à une nouvelle façon de penser, qui n'ont simplement pas encore éclos. Quelles émotions l'œuf a-t-il suscitées en vous ? Attendiez-vous avec une impatience joyeuse qu'il éclose ? Vous montriez-vous protecteur, étiez-vous désireux de le garder en sécurité ? Qu'en est-il de la créature qui est sortie de sa coquille ? Si vous aviez envie de l'aimer et de vous en occuper, cela pourrait signifier que vous êtes prêt à faire naître votre propre idée créatrice et à en prendre soin pour qu'elle se développe.

Bonbons : les bonbons ne possèdent aucune valeur nutritionnelle. Leur signification, lorsqu'ils apparaissent dans un rêve, diffère donc de celle de la nourriture. Ils ne sont rien d'autre qu'un plaisir, et la relation que vous entretenez avec ces friandises devrait influencer votre interprétation. Considérez-vous les bonbons comme des choses agréables et délicieuses à manger ? Ou est-ce que vous les évitez à tout prix, par peur qu'ils ne fassent dérailler votre régime alimentaire sain et ne déclenchent une réponse addictive ? Les observer en ces termes vous aidera à déterminer le sens de leur présence dans votre rêve. Si vous adorez les bonbons, elle vous dit que vous désirez mettre une note de fun et de douceur dans votre vie. Les bonbons sont aussi liés aux agréables souvenirs de l'enfance – peut-être souhaitez-vous ardemment renouer avec le sentiment d'émerveillement et l'insouciance de vos jeunes années. Si vous considérez habituellement les bonbons plutôt comme une menace, alors ils pourraient tout à fait la symboliser dans votre rêve aussi.

Tunnel : souvent situés sous la terre, la mer ou des bâtiments, les tunnels sont des voies de passage qui permettent aux trains, aux voitures et aux autres véhicules de traverser en toute sécurité. Rêver que vous traversez un tunnel pourrait renvoyer aux pensées et sentiments inconscients que vous intériorisez en vue d'atteindre une nouvelle destination. Souvenez-vous de l'apparence du tunnel et de la façon dont vous le parcouriez : était-il solide ? Vous sentiez-vous en sécurité ? Tout comme les ponts, qui connectent deux lieux, les tunnels font référence à une transition. Prêtez attention à l'endroit d'où vous venez et à celui vers lequel vous vous dirigez.

Alien/Ovni : l'existence des aliens et des ovnis est un mystère des plus fascinants. Les rencontres du troisième type dans un rêve peuvent représenter une exploration qui va élargir nos horizons, un contact avec une partie de nous-mêmes qui nous est étrangère, ou de nouvelles perspectives en matière d'intelligence et de croyances. Les aliens peuvent symboliser une force hostile, indiquant que vous résistez à l'élargissement du champ de conscience que vous explorez actuellement ou que vous en avez peur. Cela pourrait également faire référence

à des choses positives, comme la manifestation de votre facilité à progresser sur un nouveau chemin de conscience et le fait que vous accueilliez à bras ouverts de nouveaux modes de pensée.

Raz-de-marée : l'eau représente nos émotions, il n'est donc pas surprenant que le raz-de-marée dans un rêve montre que celles-ci vous submergent. Le message envoyé par votre inconscient signale que vous vous trouvez au beau milieu d'un grand bouleversement émotionnel. Cependant, vous pourriez aussi le voir comme un avertissement, un drapeau rouge que l'on hisse pour vous faire savoir que vous devez vous occuper de certains aspects émotionnels de votre vie avant qu'ils ne vous emportent dans un raz-de-marée métaphorique.

Tremblement de terre : un séisme ou tremblement de la croûte terrestre, est causé par une accumulation d'énergie dont les ondes se propagent depuis l'épicentre. L'événement peut paraître inattendu ou soudain, mais c'est uniquement parce que nous ne sommes pas sensibles au mouvement quotidien des plaques tectoniques de la Terre. Dans un rêve, un tremblement de terre peut représenter un événement similaire, un message de l'inconscient annonçant que des changements s'opèrent sous la surface, vont venir impacter votre royaume conscient et causer un bouleversement aux effets durables. Songez aux différents éléments qui entouraient le tremblement de terre dans votre rêve : était-il énorme et dévastateur, ou n'a-t-il généré qu'une petite secousse ? Étiez-vous paniqué ou êtes-vous immédiatement passé à l'action en sachant exactement quoi faire ? Étiez-vous seul ou avec d'autres personnes ? Si c'était le cas, qui étaient-elles et quels traits de caractère représentaient-elles ? Cela pourrait vous aider à comprendre sur quels aspects de votre personnalité vous pouvez vous appuyer pour mieux vivre le séisme qui se produit actuellement dans votre vie.

Mariage : les mariages sont devenus des événements si démesurés dans notre société moderne que les grandes robes, les fêtes qui s'étalent sur plusieurs jours et la surabondance de nourriture et de fleurs peuvent éclipser le symbole qu'ils représentent : l'union de deux vies, qui avancent désormais en n'en formant plus qu'une. C'est cet aspect fondamental du sens du mariage qui devrait être appliqué à l'interprétation de votre rêve. Bien sûr, si vous êtes sur le point de convoler, ou que vous désirez ardemment vous marier, votre rêve pourrait avoir un sens bien plus littéral – vous pourriez vous sentir anxieux face à vos noces qui approchent ou découragé de ne pas encore avoir trouvé le bon partenaire. Si vous pouvez écarter ce type d'interprétation, voyez le mariage dans vos rêves comme la fusion importante de différentes parties de vous-même. Vous pourriez être sur la voie du développement personnel, intégrant une nouvelle façon d'être, afin de continuer en une version encore plus complète de votre personnalité authentique. Prenez en compte les divers éléments de ce mariage : était-ce vous qui vous mariiez ou regardiez-vous d'autres personnes échanger leurs vœux ? Si vous observiez un autre couple, quels aspects de vous-même représentent-ils ? Vous réjouissiez-vous de ces noces ou désapprouviez-vous l'union ? Cela va mettre en lumière vos sentiments sur le processus d'assimilation que vous vivez.

Enterrement : bien qu'assister à un enterrement dans un rêve renvoie aux mêmes symboles que la mort, les deux ne sont pas forcément tout à fait similaires. Si la mort elle-même dénote souvent une transformation, des funérailles représentent simplement le rituel que nous avons créé autour de la mort, ce qui nous aiguille davantage vers votre façon d'intégrer ou de gérer une transformation. Demandez-vous pour qui est organisé cet enterrement. Est-ce un inconnu ou quelqu'un que vous connaissez ? Songez à l'atmosphère qui y régnait et à votre réponse : était-ce sombre et accablant de douleur, ou plutôt une célébration ? Cela pourrait vous aider à mieux comprendre la manière dont vous gérez certaines émotions. Rêver de funérailles peut aussi être un message inconscient vous annonçant qu'il est temps d'enterrer quelque chose, en honorant ce qui vous a été bénéfique un temps mais qui ne vous apporte plus rien, et d'avancer sans lui.

Bagage : nous utilisons souvent l'expression « bagage émotionnel » en parlant des diverses répercussions de relations et d'expériences passées que nous transportons avec nous. S'occuper de ses bagages en rêve peut en être une représentation inconsciente. Examinez les divers aspects du bagage qui est apparu dans votre rêve : était-il plein à craquer ? Essayiez-vous de préparer votre valise ? Était-elle légère et maniable, ou son poids vous encombrait-il ? Vos bagages étaient-ils la source de problèmes avec une autre personne ? Les réponses à ces questions pourraient vous éclairer sur la façon dont le « bagage » psychologique que vous portez affecte votre vie. Rêver de bagage peut aussi inspirer une interprétation bien plus littérale : peut-être l'envie de partir vous démange-t-elle ? Vous pourriez avoir besoin d'embarquer pour l'aventure ou de simplement faire une pause loin du stress du quotidien.

EXEMPLES PRATIQUES

Afin de vous aider à comprendre comment le symbolisme de divers éléments coïncide avec l'analyse personnelle et le processus d'interprétation, voici trois exemples de rêves avec les éléments à noter et les interprétations personnalisées de chacun. Bien que les rêves et ceux qui les ont faits soient réels, les prénoms ont été changés dans un souci de protection de la vie privée.

RÊVE NUMÉRO 1

Qui a fait ce rêve ?
Eileen est célibataire, elle a travaillé dur ces dernières années pour gravir les échelons dans son entreprise. Elle se demande si elle ne s'est pas trompée de carrière.

Le rêve
« Je suis dans une maison que je ne reconnais pas, mais qui me paraît familière. Mon cousin est sur un canapé orange et jaune, et je m'occupe de lui. La maladie dont il souffre n'est pas claire, mais je sais qu'il a besoin de soutien. Je lui donne des friandises pour chien. Il en est reconnaissant. Il y a une réunion familiale dont je suis l'organisatrice. Mon cousin m'interroge au sujet de mon travail et je lui dis que je n'en suis pas satisfaite. Un inconnu, vêtu de bleu, mentionne un poste à pourvoir qui semble très intéressant. »

ÉLÉMENTS IMPORTANTS

Environnement : maison
Personnes : cousin, inconnu à la fête
Thème : recevoir du monde/Soigner
Éléments : canapé, friandises pour chien
Couleurs/Chiffres : orange et jaune, bleu

SIGNIFICATIONS SYMBOLIQUES

Maison : représente souvent le soi – un retour sur soi, une suggestion d'introspection.
Cousin : un type sympa et bon vivant dans la vie, c'est généralement lui qui met de l'ambiance dans une fête.
Inconnu : elle n'a que peu de souvenirs de cet inconnu.
Recevoir du monde/Soigner : sa tendance à prendre soin des autres dans sa vie, ou le fait qu'elle a l'impression de devoir se montrer heureuse puisque c'est elle, la « maîtresse de maison ».
Canapé : symbolise souvent le confort, la famille et la confiance.
Friandises pour chien : liées au chien, symbole d'amour inconditionnel et de loyauté.
Orange : renvoie au plaisir et à la créativité.
Jaune : représente l'identité et l'estime de soi.
Bleu : couleur de la communication, en lien avec l'expression du moi véritable.

Interprétation

- Le cousin présent dans le rêve d'Eileen est perçu comme un type sympa et bon vivant. Comme elle a le rôle du soignant, puisqu'elle aide son cousin à recouvrer la santé, cela indique le besoin de cultiver sa propre légèreté. Eileen a beaucoup travaillé ces derniers temps, elle n'a participé à aucun événement social et encore moins mis l'ambiance dans une fête : cela lui apparaît donc très logique.

- Pour aller plus loin, même si ce cousin est connu pour son côté insouciant et amusant, il a récemment été hospitalisé après une crise de panique. Le fait qu'il apparaisse dans son rêve montre que l'inconscient d'Eileen l'avertit que si elle ne cultive pas le côté bon vivant de sa personnalité, le stress pourrait causer des ravages sur sa santé.

- On trouve également beaucoup de symbolisme dans le canapé sur lequel son cousin est allongé. Il souligne davantage leur lien familial, et la confiance et le réconfort qu'elle peut tirer de cette révélation de son inconscient. L'orange et le jaune des coussins montrent aussi que cet aspect de sa personnalité (et le fait qu'elle doive en prendre soin) est lié à ses sentiments de plaisir et d'identité.

- Le fait qu'elle soigne son cousin à l'aide de friandises pour chien pourrait sembler être un détail étrange et peu important, mais Eileen a une interprétation personnelle qui en explique le symbolisme. Elle a récemment dû dire adieu à son chien, mort de vieillesse après des années passées ensemble. En nourrissant son besoin d'insouciance à l'aide de friandises pour chien, elle montre que cet aspect de sa vie a perdu en importance depuis la mort de son animal et qu'elle devrait songer à prendre un nouvel ami à quatre pattes pour se sentir davantage aimée, soutenue et globalement moins anxieuse.

- Bien qu'elle ne se souvienne pas de beaucoup de détails concernant l'inconnu dans son rêve, elle se souvient qu'il portait une chemise bleue, donc il est possible qu'il représente ses capacités à communiquer. C'est particulièrement important, puisque c'est cet inconnu qui mentionne une opportunité professionnelle qui intéresserait beaucoup Eileen. Elle pense que c'est un message lui annonçant qu'un nouveau travail l'aiderait à se reconnecter à l'aspect de sa personnalité qui accorde de la valeur au temps libre, en atténuant un peu de son anxiété, mais pourrait aussi être une forme plus authentique d'expression.

RÊVE NUMÉRO 2

Qui a fait ce rêve ?
Pablo est un homme marié et d'âge moyen. Il a récemment été licencié.

Le rêve
« Je suis au volant d'une voiture sur une route que je ne connais pas, par une belle journée ensoleillée. Ma femme est du côté passager, elle essaie de me dire que je peux changer de voie, mais je ne comprends pas de quoi elle veut parler et cela me rend nerveux. L'intérieur de la voiture est d'un bleu profond. Je sais que nous sommes censés nous rendre quelque part, mais je ne connais pas le chemin. Mon épouse semble savoir où nous allons, mais ne me donne aucune explication.
Soudain, je ne suis plus dans la voiture, mais à vélo, et nous arrivons à notre destination, un restaurant qui paraît snob et peu accueillant. Lorsque je m'arrête devant, la personne à la porte me dit que le restaurant n'autorise pas les vélos à se garer. Ma femme s'est débarrassée du sien et est entrée dans le restaurant sans moi. Au lieu d'entrer, je me mets à pousser mon vélo sous le chaud soleil de l'après-midi, à la recherche d'une place de parking. Je monte une pente qui devient de plus en plus raide. Puis je me réveille. »

ÉLÉMENTS IMPORTANTS

Environnement : voiture, restaurant
Personnes : épouse, personne de l'accueil du restaurant
Thème : conduire, se perdre, être abandonné
Éléments : vélo, soleil, pente raide
Couleurs/Chiffres : bleu profond

SIGNIFICATIONS SYMBOLIQUES

Voiture : symbolise notre cheminement personnel
Restaurant : représente la socialisation, le soin de soi et l'abondance.
Épouse : une personne créative qui adore son métier et excelle dans ce qu'elle fait.
Personne à l'accueil du restaurant : fait référence à ce qui empêche Pablo d'accéder à l'abondance.
Conduire : contrôle.
Être perdu : se sentir désorienté.
Abandon : sentiment d'insécurité/mauvaise estime de soi.
Vélo : en lien avec notre cheminement personnel aussi, mais avec le thème de l'équilibre.
Soleil : force vitale, associée à des traits masculins.
Pente raide : représente un défi.
Bleu : l'indigo est lié à notre troisième œil – sagesse, confiance et intuition profonde.

Interprétation

- La voiture représente son chemin de vie. Bien qu'il ait le contrôle en étant au volant, il ignore où il va, ce qui est révélateur d'un manque de direction. Si l'on considère le fait que Pablo a récemment perdu le poste qu'il occupait depuis plus de dix ans, cela a beaucoup de sens.

- Même si son épouse est sur lesiège passager, c'est elle qui donne les indications sur la route. Elle semble avoir une meilleure idée de l'endroit où ils vont. Dans la vie, la femme de Pablo est créative et rencontre beaucoup de succès, elle est très réputée dans son domaine et se trouve actuellement au sommet de sa carrière. Si on la voit telle une extension de lui-même, elle représente son ambition et sa grande motivation professionnelle. Il a le sentiment que c'était cet aspect-là de sa vie qui le guidait. En analysant la présence de sa femme par le biais de leur relation, on voit que c'est désormais elle qui pourvoit aux besoins de la famille, ce qui lui donne plus d'autorité sur les décisions qu'ils peuvent prendre. Il est également important de noter que l'intérieur de la voiture était d'un bleu profond, couleur en lien avec l'intuition et la sagesse. Ce symbole prend tout son sens quand Pablo ne conduit plus la voiture, mais se retrouve juché sur un vélo – sa confiance et son intuition ont disparu. Un vélo renvoie aussi à l'équilibre : il cherche un moyen de trouver l'équilibre en essayant de déterminer les prochaines étapes.

- Un restaurant qui symbolise l'abondance et le moment où sa femme entre dans l'établissement tandis que la personne de l'accueil réprimande Pablo sont révélateurs. Ils soulignent en effet le fait que, pour lui, l'abondance est liée à son ambition et à sa nature carriériste. Comme il est actuellement sans emploi, il n'y a pas accès. Être abandonné par sa femme dans son rêve fait référence à l'insécurité née de ce bouleversement inattendu dans sa vie.

- Le fait de se retrouver dehors au soleil après être parti du restaurant est aussi un élément important, car cela représente la force vitale née d'énergies masculines. Pablo admet qu'il se sent légèrement émasculé par la disparité des revenus du foyer. Il sait que c'est une façon de voir archaïque et se sent opprimé par les normes genrées dépassées qui influencent ses pensées – la chaleur accablante du soleil. L'ascension d'une pente raide représente un défi qu'il sait devoir affronter, mais qu'il est désireux de relever à force de travail.

RÊVE NUMÉRO 3

Qui a fait ce rêve ?

Jennifer est la mère de deux adolescents. Elle essaie d'aborder ce nouveau chapitre de sa parentalité.

Le rêve

« Je travaille dans un studio d'enregistrement, j'aide un groupe à s'installer pour une session en mettant en place les micros. Il y a une chanteuse et trois musiciens qui préparent leurs instruments. Quand je me rends compte qu'il est l'heure du déjeuner, je leur dis au revoir et je sors. Je vois que je suis sortie d'un bâtiment très haut. Je me trouve dans ce qui semble être une grande ville, mais je peux voir aux abords des collines verdoyantes et le ciel bleu de la campagne. Mon amie Melissa est là et dit qu'elle est venue me chercher pour m'inviter à déjeuner. Elle conduit un scooter et je saute à l'arrière, enroulant les bras autour de sa taille pour plus de sécurité. Alors qu'elle démarre, il pousse des ailes au scooter et nous décollons dans les airs. Bien que je sois surprise, je trouve l'expérience grisante ; ce n'est pas du tout terrifiant, même si nous sommes exposées aux éléments. Tandis que nous montons de plus en plus haut dans le ciel, il commence à pleuvoir, malgré le soleil. Je lève la tête pour sentir les gouttes d'eau sur mon visage. Je suis heureuse de l'endroit où nous allons, même si je suis incertaine de notre destination. »

ÉLÉMENTS IMPORTANTS

Environnement : studio d'enregistrement, grand building/ville, campagne

Personnes : musiciens et chanteuse, amie

Thème : voler dans les airs, pluie

Éléments : micro

Couleurs/Chiffres : quatre/cinq

SIGNIFICATIONS SYMBOLIQUES

Studio d'enregistrement : peut être vu comme un environnement représentatif de l'expression de soi.

Grand building/Ville : pourraient représenter l'ambition ou le revers de la médaille du corporatisme.

Campagne : les collines verdoyantes sont synonymes d'abondance et de développement.

Groupe de musique : puisque la musique renvoie à nos émotions latentes, les membres du groupe pourraient représenter les différents exutoires émotionnels de Jennifer.

Amie : Melissa, un peu plus âgée que Jennifer, a toujours été une personne qu'elle admire, principalement parce qu'elle s'est toujours montrée authentique sans se soucier de l'opinion des autres.

Voler : fort sentiment d'être libre et de pouvoir explorer sans entraves.

Pluie : purification émotionnelle.

Micro : amplification de la communication.

Quatre : stabilité.

Cinq : exploration et aventure.

Interprétation

- Maintenant que les enfants de Jennifer grandissent et n'ont plus besoin d'elle constamment, elle a du mal à se souvenir de qui elle est au-delà de son rôle de mère. Elle pense que le studio d'enregistrement est représentatif de la situation – elle essaie de se connecter à des modes d'expression de soi. Les membres du groupe sont aussi des extensions de ce désir ; ils symbolisent ses traits de personnalité créatifs et elle travaille à les aider afin qu'ils/elle puisse(nt) faire entendre leur/sa voix. Les micros ne font qu'amplifier symboliquement ce désir.

- Il est important de noter qu'il y a quatre membres dans le groupe, un signe de stabilité, qui représente ce que Jennifer a donné à ses enfants. Cependant, quand vous ajoutez Jennifer, le nombre total de personnes présentes dans le studio passe à cinq, un chiffre qui renvoie à l'expression de soi et à l'aventure.

- Elle quitte le studio d'enregistrement et se retrouve dans une ville. Jennifer pense que cela fait référence à sa vie avant d'être mère, dans laquelle elle était très focalisée sur sa carrière. Elle se sent très à l'aise avec l'idée de la laisser derrière elle au profit des collines luxuriantes et du ciel bleu de la campagne – représentatifs de l'abondance qu'elle a su trouver hors de sa vie professionnelle en entreprise.

- En tant qu'extension d'elle-même, son amie Melissa incarne son désir de vivre de façon authentique, exactement comme elle le souhaite. Comme Melissa a toujours été une source d'inspiration dans la vie de Jennifer, il est logique qu'elle se sente à l'aise et en sécurité en la suivant vers une destination inconnue.

- Le fait que le scooter sur lequel elles se trouvent s'envole de manière inattendue ne fait qu'accentuer le nouveau chapitre de liberté et de découverte de soi que Jennifer ouvre dans sa vie. Qu'elle soit grisée dans son rêve indique qu'elle est enthousiaste à la perspective de ce voyage.

- La pluie qui tombe est une purification émotionnelle. Jennifer est en train d'assimiler les sentiments qu'inspire ce bouleversement – accepter l'indépendance grandissante de ses enfants et se reconnecter avec bonheur aux aspects de sa personnalité qui ont été mis en sourdine tout le temps où elle donnait la priorité à la maternité.

INDEX

Les éléments en italique font référence aux recettes ou aux noms en sanskrit.

REMERCIEMENTS

Ma profonde fascination pour tout ce qui est en lien avec les rêves a débuté au lycée, quand ma meilleure amie et moi avons commencé la pratique du rêve lucide. Merci, donc, Heather, pour avoir toujours partagé ma très curieuse curiosité et m'avoir inspirée. Merci également à Catie Ziller de m'avoir laissée écrire sur le sujet, à Kathy Steer pour ses merveilleuses idées et ses talents d'éditrice, et à Michelle Tilly pour le processus de création et les illustrations qui donnent tant de personnalité aux pages de ce livre. Je remercie la photographe Lisa Linder pour la beauté et le calme que ses photos évoquent. Enfin, je serai éternellement reconnaissante à ma famille, qui a toujours soutenu mes rêves, à la fois littéraux et figuratifs.

Ouvrage co-réalisé aux Etats-Unis par :
Directrice d'édition : Catie Ziller
Auteure : Lisa Butterworth
Photographe : Lisa Linder
Styliste : Aya Nishimura
Conceptrice : Michelle Tilly
Éditrice : Kathy Steer

Pour l'édition française :
Traduction : Julie Sence-Herlihy
Mise en page : Guillaume Arduré
Relecture : Valérie Poge

L'auteur a effectué des recherches sur chacune des huiles essentielles mentionnées dans ce livre mais ne peut être tenue responsable de leurs possibles effets indésirables. Toute utilisation d'huile essentielle est de votre responsabilité. En cas de doute, contactez un aromathérapeute qualifié. Si vous pratiquez les postures de yoga, soyez à l'écoute de votre corps et modifiez-les si nécessaire. Enfin, les personnes qui souffrent d'asthme doivent prendre des précautions en faisant les exercices de respiration.

58, rue Jean Bleuzen 92170 Vanves

7108847
ISBN : 978-2-501-16620-1
Dépôt légal : octobre 2021
Achevé d'imprimer en septembre 2021 sur les presses de Graficas Estella.